Sveva Casati Modignani

Il bacio di Giuda

MONDADORI

Dedicato a Lapo e Luna

Premessa

Devo a Lapo, il mio nipotino di dieci anni, e a sua sorella Luna, ormai quattordicenne, questo ulteriore tuffo nei miei ricordi.

Due anni fa Lapo aveva letto d'un fiato *Il Diavolo e la rossumata*, il libro in cui racconto episodi della mia infanzia intrecciati con le ricette dei cibi che si cucinavano quando ero bambina.

Quella lettura aveva scatenato in lui la curiosità per un mondo che i suoi genitori non gli avevano mai raccontato e del quale non si trovano riscontri nei testi di storia. Allora mi aveva chiesto più ampie informazioni.

Poi è arrivata la richiesta di Luna. La sua insegnante di lettere, la professoressa Alessandra Giorgi, stava facendo leggere in classe *Il Diavolo e la rossumata* come testo integrativo al programma di storia della terza media e le aveva chiesto se avrei accettato di parlare del libro con la scolaresca.

L'ho fatto con gioia e i ragazzi mi hanno subissata di domande che ho potuto soddisfare solo in parte.

Allora ho deciso di riacciuffare i fili della memoria e riprendere il racconto di quegli anni tanto difficili in un Paese devastato dalla guerra che cercava, con fatica, di crearsi una nuova identità.

Il bacio di Giuda

La mia era una famiglia di maschi che non osavano contrastare le loro compagne. Intendo dire che mio padre, il nonno e gli zii difficilmente dissentivano dalle opinioni delle rispettive mogli. Io amavo molto il mio papà e la sua arrendevolezza nei confronti della mamma mi faceva sentire a disagio. Così come provavo disagio per l'eccessiva aggressività della mamma e della nonna, non solo con i loro mariti ma con tutti, inclini com'erano a giudicare gli altri severamente e se stesse con grande indulgenza.

Le due, costantemente in conflitto tra loro, si coalizzavano, tuttavia, per dare battaglia alle mogli degli zii.

Sia la mamma sia la nonna si ritenevano assediate da un mondo ostile che infliggeva loro grandi torti, invece di ossequiarle e gratificarle come si aspettavano. Da questa presunta mancanza di riconoscimento del loro valore scaturivano rancori senza fine. Per entrambe erano tutti dei "Giuda Iscariota" che sarebbero bruciati tra le fiamme dell'inferno. Per la mamma si salvavano soltanto i morti, soprattutto se non li aveva conosciuti da vivi, ma di cui aveva sentito parlare.

Nell'elenco dei morti da venerare c'era il nonno Carlo, il papà del mio papà, volato in cielo quando aveva trentatré anni, «la stessa età di nostro Signore Crocifisso», precisava la mamma, e mi raccontava: «Tuo nonno Carlo era un uomo giusto e molto intelligente. Era l'uomo di fiducia dell'ingegner Stigler, quello degli ascensori. Quando in fabbrica c'era uno sciopero, tuo nonno mediava tra il padrone e gli operai. Così lo stimavano tutti. Aveva due figli, il tuo papà e la sua sorellina, stroncata dalla poliomielite a quattro anni. A causa di questo grande dolore, il nonno Carlo si è ammalato di broncopolmonite ed è morto. Sua moglie, la nonna Giö, si è risposata con il Barbisùn e da questo matrimonio è nata tua zia Pina, la sorellastra del papà. Il Barbisùn l'ho conosciuto poco, perché è morto quando il tuo papà e io eravamo fidanzati, comunque ti assicuro che anche lui era un uomo giusto e ha cresciuto il tuo papà come se fosse suo figlio. La nonna Giö, invece, era perfida. Ho vissuto qualche tempo con lei e pretendeva che le portassi il caffè a letto. Ogni volta che il tuo papà mi regalava qualcosa, sia lei sia la zia Pina gli facevano delle scenatacce, tanto che alla fine tuo padre ha deciso che dovevamo separarci da loro. Così siamo venuti a vivere con i miei genitori, la nonna Bice e il nonno Cesare».

Da questi racconti emergeva il ritratto di due donne terribili, la nonna Giö e la zia Pina. Con questa nonna ho poi avuto rapporti sporadici e gelidi. Della zia Pina so solo che si incamerò l'eredità di sua madre, sostenendo che la nonna Giö aveva destinato tutto a lei e mio padre finse di credere a questa versione per evitare di litigare con la sua sorellastra.

Non ho mai saputo perché la nonna, che si chiamava Teresa, venisse chiamata Giö, né ho mai saputo il nome vero del Barbisùn. Per la mamma, il nonno Carlo e il Barbisùn erano santi. Ma la più santa di tutte era la mia bisnonna, Antonia Varisco, mamma del nonno Cesare. Nutriva per lei un'autentica venerazione. Teneva in mostra il suo ritratto sul comò, in camera da letto, e la definiva un "angelo assunto in cielo". Ogni mattina spolverava la fotografia e mi diceva: «Era bella, gentile, delicata come un fiore. Era stata cresciuta nella bambagia e, a sedici anni, per questioni di interesse, le avevano fatto sposare un vecchio».

In anni recenti, quando a Varsavia ammirai il ritratto di Cecilia Gallerani, l'amante di Ludovico il Moro, eseguito da Leonardo, mi tornò in mente la fotografia della bisnonna Antonia che compare anche sulla lapide dell'ossario in cui riposa accanto al marito e da quella lapide ho scoperto che il "marito vecchio" aveva soltanto sette anni più di lei.

Nei momenti di crisi la mamma baciava il ritratto di Antonia Varisco e la implorava: «Tu che sei un angelo e mi guardi dal paradiso, fai giustizia di tutti i Giuda traditori che mi stanno intorno». Sapevo che con quel "fai giustizia" la mamma intendeva dire "sterminali senza pietà". Io invece ero convinta che una santa come la bella Antonia Varisco non avrebbe mai sterminato nessuno, perché i santi ci amano, anche quando ci comportiamo male.

Ricordo un pomeriggio d'estate. Mamma e nonna Bice sedevano in cortile, sotto il glicine le cui foglie, mosse da refoli d'aria calda, si scomponevano e ricomponevano creando giochi di luci e ombre sulle loro figure.

La nonna, sulla sedia a sdraio, sferruzzava con due gomitoli di lana bianca e rosa. La mamma, seduta su una poltroncina, attaccava un bordo di pizzo all'orlo di una mia sottoveste.

Io ero in giardino, a pochi metri da loro. Seguivo la scia d'argento di una lumaca immobile su un cordolo di cemento e recitavo: «Lümaga lümaghìn, cascia föra i too curnìn, se no te massi, se no te do un bicèr de vin».

Era una vecchia filastrocca che mi aveva insegnato il nonno, al quale era stata insegnata da suo nonno. La minaccia, magicamente, produceva il risultato richiesto, tanto che la lumaca sfoderava le antenne, i curnìn, e riprendeva a strisciare.

Intanto ascoltavo il dialogo tra le due donne che parlavano della mia bisnonna, Antonia Varisco.

«Una santa! Una santa!», disse la mamma con quel tono enfatico che, già allora, mi infastidiva.

«Sì, una santa che ha partorito undici figli, ma soltanto due sono sopravvissuti e a me è toccato il peggiore», sbottò la nonna, alludendo a suo marito, cioè mio nonno Cesare.

Secondo me non ce l'aveva con il nonno, ma con il fanatismo di mia madre, che non perdeva occasione per farla ingelosire rimarcando il proprio amore per la suocera della nonna.

La nonna rimproverò mia madre di essere bigotta, la mamma le rinfacciò di averla obbligata a fare i lavori di casa più faticosi, dandole della deficiente perché da bambina aveva fatto fatica a imparare a leggere e a scrivere.

A quel punto mia madre si arrabbiò: «Ma stai zitta! C'è voluta la mia maestra per accorgersi che ero molto miope e spingerti a portarmi dall'oculista. E finalmente ho imparato a leggere e a scrivere perché portavo gli occhiali».

Questa storia della miopia, io la conoscevo da sempre. Sapevo che nel 1918 la mamma aveva contratto la febbre spagnola, che era stata sul punto di morire ed era miracolosamente guarita. Ma la vista ne aveva sofferto.

Comunque, in quel pomeriggio d'estate, vuoi per via del caldo, vuoi per il legame complicato che univa le mie figure di riferimento, la lite si fece sempre più accesa, tanto che, abbandonato il lavoro, le due si erano alzate in piedi e si fronteggiavano come gatte inferocite.

Io mi allontanai verso il fondo del giardino, mi tappai le orecchie con le mani per non sentirle e, a occhi chiusi, presi a ripetere con voce isterica: «Lümaga lümaghìn, cascia föra i too curnìn se no te massi...».

Poi la nonna urlò. Io aprii gli occhi e la vidi cadere di peso nel cespuglio di ortensie che, dal giardino, si protendeva verso il cortile, mentre la mamma rientrava in casa gridando: «Ma va' all'inferno, vecchia chitarra frusta!».

Mi precipitai ad aiutare la nonna a rialzarsi. Lei tornò a mettersi sulla sdraio e, piangendo sommessamente, mi disse: «Povera bambina! Come madre ti è capitata una pazza».

Non ho mai saputo se la nonna fosse caduta perché soffriva di capogiri o perché la mamma l'aveva spinta.

Bagnai un fazzoletto sotto l'acqua della fontanella e le tamponai il viso congestionato. Lei mi disse: «Bagnalo con l'aceto».

La nonna si legava spesso una pezza bagnata d'aceto intorno alla fronte, convinta che fosse una panacea contro il mal di testa e la pressione alta. Le mancava la penna d'aquila e sarebbe stata identica a un apache.

Entrai in casa, spruzzai un po' di aceto sul fazzoletto e tornai in cortile.

Posai la pezza sulla fronte della nonna e sussurrai: «Però la mia mamma non è una pazza».

«È peggio! È senza rispetto. Dio la punirà per questo», replicò.

«Ma io non voglio che Dio la punisca», mi allarmai.

«Vai a giocare che è meglio. Queste sono cose da

grandi», dichiarò allora la nonna, allontanandomi con un gesto.

Saranno state cose da grandi, ma me le infliggevano un giorno sì e l'altro pure.

Cadendo, la nonna aveva spezzato alcuni rami dell'ortensia. Da questi spiccai due fiori opulenti di un bel blu intenso e, tenendoli stretti in pugno, entrai in casa.

Dalla camera da letto dei miei genitori veniva un flebile lamento. Schiusi la porta e vidi la mamma seduta davanti alla *pétineuse*. Nascondeva il viso tra le mani e piangeva. Mi avvicinai in punta di piedi e le misi i fiori in grembo. Lei li ignorò e mi disse singhiozzando: «Lasciami in pace. Anche tu ti sei messa dalla parte della nonna. Siete tutti contro di me».

«Non mi sono messa dalla parte della nonna», mi difesi.

«Sì, invece. Ti ho ben vista soccorrerla. Anche tu sei come tutti, anche tu ce l'hai con me», dichiarò la mamma continuando a singhiozzare.

«Mamma, mi dispiace tanto», sussurrai, posandole un bacio sulla guancia. Lei mi allontanò da sé.

«Non voglio il tuo bacio di Giuda», sibilò.

Corsi fuori dalla camera e andai a cercare il mio gatto Murcìss. Lo agguantai e mi sedetti sui gradini del cortile stringendolo al petto. Lui leccò le mie lacrime.

Era la seconda estate di pace dopo la fine del grande conflitto mondiale, ma la guerra tra le due donne di casa proseguiva incessante.

I doni li portava
Gesù Bambino

Prima che gli americani sbarcassero nel nostro Paese per liberarci dall'oppressione del nazismo e del fascismo, io non sapevo chi fosse Babbo Natale.

Il vecchio ciccione dal volto rubizzo, la barba candida, l'abito rosso bordato di pelliccia, che nella Notte Santa solcava il cielo a bordo di una slitta traboccante di regali, trainata da renne volanti, apparteneva soltanto alla cultura anglosassone. E avrebbe lentamente ma inesorabilmente soppiantato Gesù Bambino, di cui ero molto innamorata.

L'idea che avevo del Bambino mi veniva dalle immaginette sacre che mi regalava il parroco. Raffiguravano un bel ragazzino, più o meno di otto anni come me, dall'incarnato di porcellana, i capelli biondi e ricci, coperto fino ai polpacci da una candida veste. A piedi nudi, ritto accanto a un asinello, il suo volto emanava una dolcezza consapevole e misericordiosa.

Io amavo quel Gesù Bambino che veniva a visitarmi

una volta all'anno, nella notte di Natale, perché mi coccolava e mi proteggeva.

Dunque, la sera della vigilia, quando in chiesa il parroco deponeva dentro la mangiatoia la statua di un Bambinello appena nato, io già me lo figuravo cresciuto, mentre, a dorso dell'asinello, veniva a lasciare i suoi doni a me che dormivo. In compenso, io depositavo tre scodelle fuori dalla porta della cucina che si apriva sul cortile: in una mettevo i biscotti, nell'altra il latte per rifocillare Gesù Bambino, nella terza una manciata di fieno per l'asinello.

Ci fu un Natale in cui l'abbigliamento di Gesù Bambino mi preoccupò tantissimo. Fuori c'era la neve, faceva molto freddo e Lui sicuramente non era abbastanza coperto. Lo dissi alla nonna.

«Lui è il figlio di Dio», chiarì lei. «Il caldo e il freddo gli fanno un baffo».

Sul momento, la spiegazione mi convinse, ma via via che il Natale si avvicinava, ogni sera mi addormentavo pensando a Lui che pativa nel gelo. E poiché era così generoso da portarmi tutti i doni che gli avevo chiesto, io avrei dovuto essere altrettanto generosa e offrirgli indumenti caldi con cui coprirsi.

Proposi quindi alla nonna, che sferruzzava di continuo calze per la famiglia, di farne un paio anche per il piccolo Gesù.

«Potrei anche fargliele, ma Lui poi non se le mette perché non ne ha bisogno», rispose.

«Io dico che ne sarebbe felice».

«Va bene», acconsentì lei. «Di che colore?».

«Bianche e rosse, a righe, con la lana più morbida che hai».

La nonna le finì in un giorno e poi me le mostrò. Erano della mia misura.

«Se le ritrovi fuori dalla porta, vuol dire che non ne aveva bisogno e allora le porterai tu», disse.

La sera, nel tepore del mio letto, sorrisi immaginandomi il Bambinello che si infilava le calze, felice di un indumento che gli avrebbe scaldato i piedi. A pensarci bene sarebbe stato bello fargli trovare anche una maglia di lana, come quella che portavo io, e un golfino lungo quanto la sua veste e, perché no, un bel paio di guanti e un berretto. Allora sì che sarebbe stato al caldo quel piccolo Gesù generoso che mi amava tanto.

Questa volta ne parlai con la mamma, che mi aveva già aiutata nella stesura della letterina di Natale con la lista dei doni richiesti.

«Non esagerare», mi aveva ammonita, mentre elencavo le cose che avrei voluto. «Perché chi troppo vuole, nulla stringe».

«Ma cosa vuoi che sia per Lui? Lui può tutto», avevo osservato.

«Solo entro certi limiti. Ha tanti bambini da accontentare e tu non devi essere troppo ingorda».

Mi ero limitata a chiedergli un astuccio di matite colorate marca Giotto, un nettapenne nuovo, il gioco della Piccola Posta, una bambola con la sua carrozzina e un libro di favole a piacere, ma con tante figure a colori. In quegli anni i libri illustrati per i bambini erano una rarità e costavano tantissimo. In fondo alla lettera avevo scritto: «Per i dolcetti, fai tu». Io avrei anche voluto un monopattino perché il mio era rotto, uno scrigno pieno di monili luccicanti, una batteria di pentoline per cucinare, ma li stornai dall'elenco quando la mamma disse che stavo esagerando.

«Però, assieme al cibo nelle scodelle, voglio che Lui trovi anche da vestirsi», su questo punto non ero disposta a transigere.

Me lo vedevo, il Bambino, mentre si rifocillava con il latte e i biscotti, ben imbacuccato nei suoi nuovi indumenti di lana. Saperlo al calduccio mi dava molta gioia e compativo i bambini di una regione lontana, il Tirolo, che ricevevano i doni dai morti, il 2 di novembre. Questa notizia inaudita l'avevo appresa a scuola, da una supplente che veniva da Merano e che ci aveva anche raccontato della festa della Befana, quando i bambini si vestivano da Re Magi e andavano di casa in casa a chiedere regalucci. Io non avrei mai avuto il coraggio di fare una cosa simile, anche perché ero certa che la gente mi avrebbe sbattuto in faccia l'uscio di casa. Le famiglie non potevano essere generose con gli estranei perché erano anni davvero molto difficili per tutti.

Comunque, di fronte alla richiesta di offrire un guardaroba a Gesù Bambino, la mamma sembrò riflettere e infine disse:

«Mancano solamente due giorni a Natale e non c'è

tempo per fargli il golfino, i guanti e la cuffia. Gli diamo il pullover color banana del papà, che è abbastanza grande da coprirlo fino alle ginocchia, e tu gli darai i tuoi guantini rossi e il berretto bianco. Ma vedrai che li lascerà lì perché Lui non ha bisogno di coprirsi».

Ero felice ed ero sicura che il piccolo Gesù avrebbe gradito il mio dono, tanto più che il berretto bianco, fatto dalla nonna all'uncinetto, era davvero bellissimo. Comunicai la mia gioia alle compagne del coro, quando, il pomeriggio della vigilia, andai in chiesa per la prova dei canti di Natale. Alcune mamme che erano con noi si scambiarono strane occhiate e una di loro commentò:

«Gli indumenti potrebbero sparire, se qualcuno passa prima di Gesù Bambino».

«Non c'è pericolo», replicai. «È tutto nel nostro cortiletto, non sulla strada».

La sera giocammo a tombola. La mamma e il papà uscirono per andare da alcuni amici e poi alla messa di mezzanotte. Io restai a casa con i nonni e lo zio Giovanni. Prima che mi coricassi, la nonna mi aiutò a disporre i generi di conforto e gli indumenti di lana fuori dalla porta della cucina. Appena toccato il letto, mi addormentai beata e mi svegliai di primo mattino per scendere a scoprire i miei doni.

Vidi subito i pacchetti sul tavolo. La mamma, che mi dava le spalle e trafficava ai fornelli, al mio ingresso in cucina non si voltò neppure. A me premeva constatare se le ciotole con il cibo per Gesù e l'asinello fossero vuote e se lui avesse gradito gli indumenti. Aprii la porta del cortiletto e sorrisi. Li aveva graditi. Gli indumenti non c'erano più e le scodelle erano vuote.

«Hai visto, mamma, che avevo ragione? Gesù Bambino è stato contento dei miei doni», trillai.

«E non solo Lui», borbottò lei mettendomi davanti una tazza di cioccolata e i biscotti savoiardi.

Mi stupii che non sedesse accanto a me per aiutarmi ad aprire i regali, ma ero troppo eccitata per darmene pensiero. Avevo notato il muso lungo e pensai che avesse litigato con la nonna.

Pochi minuti dopo stavo piangendo. L'astuccio di matite colorate non era il Giotto, ma una marca che non conoscevo e che subito si dimostrò pessima. La bambola era soltanto una testa di celluloide che emergeva dal risvolto del lenzuolino di una culla in cartone: una cosa raccapricciante. A quel punto gli altri doni non mi interessavano più. Io ero stata buona con Gesù Bambino e questa era la ricompensa.

«Smettila di frignare, perché non è giornata», sbottò mia madre.

«Perché le matite che non colorano? Perché questa testa di celluloide che non serve a niente?», strillai.

«Perché mi go minga el bursìn de Giüda e jn sparì anca i pagn!», strillò lei a sua volta.

La mamma ripeteva spesso che non aveva nel borsellino i denari del tradimento di Giuda, a significare che i soldi erano sudati e non si potevano buttare in sciocchezze.

Fu così che appresi che Gesù Bambino era soltanto un'invenzione, che i doni li comperavano i genitori e che la mamma mi aveva regalato della robaccia per spendere poco.

E più tardi seppi anche che la sera della vigilia qualcuno, entrando dal giardino, si era intrufolato nel nostro cortile e si era preso gli indumenti di lana destinati al Bambinello.

La fine del Mariulìn

Il 25 aprile del 1945 fu un grande giorno perché venne proclamata l'insurrezione generale contro i tedeschi e a partire da quel giorno furono liberate tutte le città del Nord Italia.

Come sempre accade alla fine di ogni conflitto, ci furono lunghi strascichi di vendette, saccheggi e uccisioni. Le strade del mio quartiere erano percorse da camion scoperti, stipati di uomini armati che portavano al collo un fazzoletto rosso. Cantavano, ridevano e alcuni brandivano i fucili agitandoli in aria.

«Guardali lì, i partigiani dell'ultima ora», diceva mio padre. E mi spiegava: «Quando c'era da combattere i nemici si erano ben nascosti, invece di rischiare la pelle. Adesso che i tedeschi sono scappati, si sentono eroi».

Con grande clamore, andavano a compiere spedizioni punitive. Stanavano gli ex repubblichini, quelli che erano rimasti fedeli a Mussolini quando aveva formato la repubblica di Salò e che avevano denunciato gli oppositori del regime fascista spedendoli sui treni diretti ai campi di sterminio in Germania.

Per me la parola Germania era sinonimo di paura. Mi bastava sentirla pronunciare per essere sopraffatta dal terrore, come quando stavo per combinare una marachella e la nonna, per farmi desistere, diceva: «Adesso chiamo il babau», che era un'entità astratta e terrificante.

Ogni epoca ha avuto il suo babau. Le donne dell'antica Roma minacciavano i loro pargoli dicendo «Hannibal ad portas». Annibale era stato il loro spauracchio. Il nostro erano i tedeschi, la Germania con la sua stramaledetta razza eletta, Mussolini e le sue vili camicie nere.

La guerra era finita, ma le armi circolavano ancora e uccisero altra gente nel periodo immediatamente successivo, contrassegnato da veri e propri regolamenti di conti.

Io stessa avevo visto un uomo crollare a terra ucciso da un colpo di pistola. Era il Mariulìn, una spia dei fascisti. Nel quartiere lo conoscevano un po' tutti e lo temevano, quando passava sfrecciando sulla sua motocicletta. Nelle osterie gli offrivano da bere, il fornaio gli regalava il pane migliore, il macellaio la carne. Era un individuo spregevole. Aveva la faccia simile a un pugno e i capelli scuri lisciati con la brillantina. Indossava sempre camicia e giaccone neri. Aveva denunciato e condannato alla deportazione padri di famiglia che avevano avuto il solo torto di dire che Mussolini ci stava portando alla rovina.

Era maggio, tornavo da scuola godendomi il sole pieno del mezzogiorno. Imboccai la strada di casa mia, che era deserta, perché molti degli abitanti non avevano ancora fatto ritorno dai luoghi di sfollamento.

Vidi, dal fondo della via, il Mariulìn che avanzava camminando lentamente. Immediatamente dopo l'insurrezione, aveva abbandonato la moto e il giaccone nero. Adesso era in giacca e cravatta. Non volevo incrociarlo perché avevo paura di lui e, istintivamente, mi addossai alla siepe di sambuco che allora delimitava il grande prato oltre la nostra casa.

Uno sparo improvviso mi fece sussultare e un attimo dopo il Mariulìn era a terra. Vidi un uomo, in maniche di camicia, allontanarsi veloce in bicicletta.

Allora, cautamente, riemersi dalla siepe e mi avvicinai al Mariulìn che era steso a terra e guardava il sole con occhi di vetro. Una mosca si era posata sulla ferita in mezzo a una guancia, mentre un rivolo di sangue gli colava dallo zigomo e veniva assorbito dalla terra battuta della strada.

L'uomo che aveva terrorizzato il quartiere e che, per alcune settimane, era scomparso per sottrarsi alle rappresaglie dei partigiani dell'ultima ora, era stato giustiziato da un vendicatore solitario nel momento in cui non faceva più paura a nessuno. Il Mariulìn avrebbe potuto essere arrestato, processato e condannato per poi passare il resto della sua vita a riflettere sulla vigliaccheria delle sue azioni e, magari, pentirsene.

Ebbi pietà di lui. Presi il fazzoletto dalla tasca del mio grembiulino bianco, lo dispiegai e gli coprii il viso. Fino a quel momento avevo conservato una calma attonita, ma all'improvviso sentii il cuore battere all'impazzata. Corsi a casa con il fiato mozzo e balbettai: «Hanno ammazzato il Mariulìn». Poi vomitai.

Intanto a Milano erano entrati gli americani. Ricordo che eravamo tutti schierati sui marciapiedi di via Padova per vederli transitare a bordo dei camion. C'eravamo proprio tutti a fare festa: uomini, donne, vecchi e bambini. C'erano perfino i paralitici in carrozzella. Tutti urlavano, ridevano, applaudivano, sventolavano bandierine per accogliere l'esercito liberatore.

Se i tedeschi erano cupi, prepotenti, rabbiosi e feroci, gli americani erano allegri, chiassosi, generosi e belli. Dai camion ci lanciavano bustine di chewing gum, che noi ribattezzammo cicche americane, e pacchetti di sigarette Camel. Ci allungavano bottiglie di Coca-Cola e confezioni di calze di nylon. Portarono l'allegria e la gioia di vivere e di sperare.

Se durante l'occupazione nazista c'erano state donne che, per fame e per paura, si erano accompagnate ai militari tedeschi, ora c'erano ragazze che, sempre per fame, ma anche per sincera gratitudine, si accompagnavano ai militari americani. In seguito, molte di loro li sposarono ed emigrarono negli Stati Uniti.

Dopo lunghi anni di oscuramento notturno e minaccioso silenzio, ora le notti erano illuminate a giorno. La musica triste di *Lili Marlene* aveva lasciato il posto allo swing e al fox-trot che si ballava la sera nei cortili dei palazzi. Quello, per me, era uno spettacolo nuovo ed elettrizzante.

Ricordo che era maggio e, dopo cena, si andava tutti in chiesa per le funzioni del mese dedicato alla Madonna.

Mi univo al coro dei fedeli, cantando a gola spiegata: «Mira il tuo popolo, oh bella Signora, che pien di giubilo oggi ti onora». Per me, il giubilo non era dedicato alla Vergine, ma al mio piacere di vivere in un mondo nuovo denso di sorrisi, di luci, di musica, di sogni. Vedevo il mio futuro come un susseguirsi ininterrotto di fuochi d'artificio.

Così, uscendo dalla chiesa, avevo il permesso di unirmi alla banda di ragazzini e ragazzine che erano tornati a popolare la nostra via e, con loro, mi intrufolavo nei cortili delle case invase dai militari che ballavano con le nostre donne al suono di orchestrine improvvisate. Allora immaginavo di essere grande, di avere un innamorato americano bello come il sole, che avrebbe dipinto i miei giorni con i colori dell'arcobaleno.

Un giorno gli americani se ne andarono e l'euforia di quelle settimane sfumò nel grigiore di una quotidianità difficile, in una città che tornava a mostrare le ferite inferte dalla guerra.

I sopravvissuti ai campi di sterminio avevano cominciato a rientrare. Erano uomini che la follia nazista aveva ridotto a larve. Molti tornavano solo per morire, altri restavano per mesi a letto malati, altri ancora erano in uno stato confusionale e nei loro occhi leggevi l'orrore per le ignominie inimmaginabili viste o subite.

La mancanza di cibo e di alloggi era il tormento quotidiano. Gente bussava alla porta di casa nostra implorandoci di poter affittare una stanza. La mamma offriva indumenti usati, pane, un pezzo di formaggio.

Allora ricordai le volte in cui mio padre aveva detto: «Quando finisce la guerra, andiamo a stare in America».

«Papà, quando andiamo in America?», gli domandai un giorno. Mio padre, che solo con la fantasia indulgeva al piacere dell'avventura, sorrise: «Non abbiamo più bisogno di andarci. Adesso vedi tanta miseria, ma presto, molto presto, staremo meglio noi degli americani. Quando tu sarai grande, e io sarò ormai vecchio, l'Italia sarà un Paese ricco. Ricordati queste parole».

Mio padre aveva visto giusto, ma la sua mente non era andata oltre e non aveva previsto che, con il benessere, la corruzione avrebbe ripreso a dilagare. Non aveva previsto che, al posto dei nostri nobili padri costituenti, si sarebbero insediati individui meschini e corrotti, che la finanza avrebbe preso il sopravvento sull'industria, che il denaro facile avrebbe avuto la meglio sul denaro guadagnato onestamente con il lavoro.

Il prete e la boule

Nel primo inverno del dopoguerra, il nemico più feroce era il freddo. Mancavano gas, legna, carbone. Mio padre era riuscito ad acquistare una partita di legna da ardere e l'aveva stipata in un cubicolo in cantina. Per farla pesare di più l'avevano inumidita e noi la facevamo asciugare in due grandi cesti piazzati di fianco alla stufa.

Sapevo di persone che, pur di avere un po' di calore, bruciavano i mobili di casa, letto compreso, e dormivano sulle reti metalliche posate a terra.

Anche a scuola mancava il riscaldamento. Per tutto il mese di novembre, e gran parte di dicembre, ci si scaldò con un mattone che ognuno di noi portava da casa, dopo averlo lasciato ad assorbire calore durante la notte nel forno della stufa. La mamma lo avvolgeva nei fogli di carta di giornale e me lo infilava nella cartella insieme ai quaderni, al sussidiario, all'astuccio delle matite e alla merenda da consumare nell'intervallo.

Io sedevo al mio banco, piazzavo il mattone sul predellino e ci posavo sopra i piedi. Alcuni bambini portavano in classe la "scaldina", un contenitore tondo di metallo con il coperchio bucherellato da cui usciva il calore delle braci di carbonella.

In prossimità del Natale, la maestra ci disse che il provveditorato aveva deciso la chiusura delle scuole fino a fine febbraio. Non che in casa si stesse meglio ma, se non altro, in cucina c'era la stufa e lì trascorrevamo la giornata.

La bisnonna Antonia aveva dotato la nostra casa di camini in tutte le stanze, ma durante la guerra risultarono inutilizzabili perché non c'era abbastanza legna per alimentarli. L'unica fonte di calore era la stufa della cucina che serviva anche per scaldare l'acqua e cuocere i pasti. La sera si riempivano d'acqua bollente le boule d'alluminio che venivano infilate sotto le coperte. Nel loro lettone i nonni mettevano invece il "prete", una monumentale intelaiatura in legno ricurvo contenente una padella di rame riempita di carbonella ardente. Il "prete" rimaneva tra le lenzuola un paio d'ore e poi lo si toglieva prima di andare a letto. Secondo me, il "prete" scaldava meglio della boule. Per questo capitava che, durante la notte, io lasciassi il mio lettino per entrare in quello grande dei nonni. Mi piaceva dormire in mezzo a loro. Avrei preferito stare tra mamma e papà, ma non osai mai farlo.

Il freddo di quegli inverni mi è rimasto addosso come una minaccia e anche ora, quando arriva la brutta stagione, mi assilla il pensiero che l'impianto di riscaldamento possa bloccarsi. È già successo, nel corso degli anni, e ogni volta sono piombata nel panico.

Ricordo che il gelo tracciava ricami sui vetri delle finestre e io grattavo il sottile strato di ghiaccio per disegnare un sole.

«Quando torna l'estate?», domandavo alla mamma.

«Quando sarà il momento», rispondeva lei.

«E se non torna?».

«Il caldo e il freddo sono sicuri come la vita e la morte».

Queste parole mi rassicuravano, e andavano ad assommarsi ad altre certezze che stavo acquisendo. La più importante era quella del cibo. Comunque fossero andate le cose, avrei sempre avuto da mangiare, a differenza di altre bambine che erano arrivate da poco nel mio quartiere; i loro genitori dovevano rivolgersi alla mensa della carità per sfamarsi. Erano bambine molto dignitose che non parlavano della loro indigenza. Io mi ero accorta però che ricevevano libri, quaderni e matite dal patronato scolastico, che durante l'intervallo non facevano merenda e che si proteggevano dal freddo infilandosi fogli di giornale sotto i golfini consunti. La loro miseria mi metteva in imbarazzo. Ne parlai con la mamma che mi disse: «Ogni tanto, tornando da scuola, invitane una a mangiare da noi». Io le spiegai che a mezzogiorno loro mangiavano alla mensa scolastica e alla sera tutta la famiglia riceveva la minestra dell'Ente Caritatevole di Assistenza.

La mamma qualche volta mi metteva nella cartella due porzioni di merenda dicendomi: «Una dalla a chi vuoi». Io la davo a una mia compagna che si chiamava Diddio, non sapeva parlare in italiano e si esprimeva solo in un dialetto del Sud. Non arrivò a concludere l'anno scolastico. Dopo qualche mese sparì all'improvviso, così come era comparsa.

Ogni anno, per la festa del quartiere, arrivavano i baracconi. Erano giostrai che si insediavano in due vasti campi, ai lati di via Padova, e vi sostavano per otto giorni.

Una mattina comparve in aula una bambina bionda, molto seria e ben vestita.

«Lei è Lorenza», ci disse la maestra nel presentarcela. «La sua famiglia possiede la giostra dei cavalli. Starà con noi per tutta la settimana. Siate gentili con lei».

Quando facemmo il dettato, Lorenza scrisse senza errori. Idem per il compito di aritmetica. Mi piacque subito e cercai di fare amicizia con lei. Un pomeriggio mi invitò a visitare il suo carrozzone e mi raccontò che cambiava scuola ogni settimana, seguendo gli spostamenti dei suoi genitori. Mi fece anche fare un giro gratis sulla giostra e mi domandò se non mi annoiassi ad avere per tanti anni la stessa maestra. La sua domanda mi diede da pensare, perché non avevo mai messo in discussione la certezza di avere sempre la stessa maestra e la stessa scuola, che già mio padre aveva frequentato prima di me e dove ancora insegnava la sua vecchia maestra, la signorina Grandi.

Lorenza mi affascinava. «Mi piacerebbe, almeno per un po', provare a vivere con te», le dissi.

«Non potresti. Noi giostrai siamo una razza a parte».

Una settimana dopo i baracconi e le giostre erano spariti. Di Lorenza non c'era più traccia e io sentii molto la sua mancanza.

Questo incontro mi indusse a riflettere su altri modi di vita possibili e colpevolizzai mia madre che mi rimproverava di volare con la fantasia invece di incitarmi ad allargare i miei orizzonti.

Come sempre, avrei voluto parlarne con mio padre, ma quando fui con lui mi affiorò alle labbra un quesito che non aveva niente da spartire con quello che volevo sottoporgli:

«Secondo te, la mamma mi vuole bene?».

«Certo che te ne vuole! Sei la sua bambina. Che razza di domande mi fai?», rispose.

Io tacevo, imbarazzata, e lui proseguì:

«La mamma è una donna sempre insoddisfatta perché vorrebbe che tutti agissero e pensassero come lei. Non ha capito che ogni testa va per conto proprio. Tu assecondala, come faccio io, e lei sarà felice».

La felicità di mia madre era la sua preoccupazione maggiore.

«La mamma continua a dirmi che sono una pianta storta e che faccio soffrire lei e il mio Angelo Custode.

Io non ci credo più alla storia dell'Angelo Custode», continuai.

«Non ci credo tanto nemmeno io», sorrise lui, «ma non dirlo alla mamma perché non capirebbe e si arrabbierebbe».

«Non voglio più recitare ogni sera la preghiera all'Angelo Custode», confessai.

«Tu e la mamma vi assomigliate tantissimo. Anche tu, come lei, sei testarda più di un mulo. Che cosa ti costa ubbidirle? Invece di fare la ribelle, sii più docile. Starà meglio lei e, soprattutto, starai meglio tu».

La lombosciatalgia ribelle

Non mi sentii comunque rassicurata dalle parole di mio padre perché, mentre mi autorizzava a non credere nell'Angelo Custode, mi diceva anche che io e la mamma eravamo uguali, e io non volevo assomigliarle. Ero ancora bambina e già avevo messo le basi per un rapporto conflittuale identico a quello che esisteva tra mia madre e la sua. Di questo, allora, non mi rendevo conto.

Con il trascorrere degli anni, ci sono stati momenti in cui, pur non credendoci, avrei desiderato ardentemente di avere accanto un angelo che mi aiutasse a essere più conciliante nei miei rapporti con lei.

Recentemente, a Roma, alla fine di un incontro letterario, ebbi un breve scambio di parole con un famoso sensitivo, Craig Warwick, che, salutandomi, mi disse:

«Lo sa d'avere accanto una figura di donna?».

«Un angelo?», gli domandai d'impulso.

«Lo chiami come vuole», rispose e passò oltre.

Allora mi girai: «Se fosse vero, non mi sentirei così fragile».

Anche lui si girò e mi sorrise: «Lei è tutt'altro che fragile. Lei ha la forza dei ribelli».

Ci risiamo, pensai. Ribelle era l'aggettivo che mi perseguitava fin da quando ero bambina e che subivo come un'accusa ingiusta. Io sola sapevo quanto fosse pesante il fardello della mia impotenza di fronte alla volontà degli adulti, che era sempre diversa dalla mia.

Ci fu un periodo in cui la mamma diceva: «Renditi presentabile perché usciamo». E mi ordinava: «Porta con te il Bebi».

Il Bebi era un bambolotto di celluloide, grande quanto un neonato, con gli occhi che si aprivano e si chiudevano a seconda che fosse in piedi o sdraiato. Io mi sentivo ridicola a salire sui mezzi e a camminare per le vie del centro con quel pupazzo. Qualche volta mi coglieva la tentazione di lanciarlo dal finestrino del tram. Non lo facevo perché temevo una scarica di sculacciate.

Dopo ogni marachella, la mamma mi ripassava il fondoschiena e poi, prendendomi per una spalla, mi faceva inginocchiare davanti a una grande immagine di Gesù, racchiuso dentro una cornice ovale nella sua camera da letto. Mi ordinava: «Recita l'atto di contrizione».

Quel Gesù, che teneva tra le mani un cuore palpitante, mi suscitava qualche inquietudine e, singhiozzando, recitavo: «Mio Dio, mi pento con tutto il cuore dei miei peccati e li odio e li detesto come massima offesa alla Tua santità».

Non piangevo per le sculacciate, ma per essere costretta a dichiarare una colpa che non sentivo.

Un giorno, la figlia di un'amica della mamma ricevette la cresima e noi fummo invitate alla sua festa. La mamma disse che bisognava farle un regalo, accompagnandolo con una bella letterina. Il regalo era una scatola di cioccolatini rivestita di seta che, una volta vuotata, sarebbe servita come portagioie. Io avevo il cuore infranto perché sia la scatola sia i cioccolatini non erano per me. Insomma, mi rodevo in silenzio per la generosità di mia madre verso un'estranea.

«Scrivile due parole», mi disse la mamma mettendomi davanti un bigliettino e la penna.

«Non so cosa scrivere», risposi.

«Scrivi: Cara Liliana, in questa fausta ricorrenza, la mia famiglia e io formuliamo gli auspici...».

Scrivevo queste parole assurde che appartenevano alla serie di frasi fatte che la mamma conosceva a memoria e che le servivano per ogni circostanza. Già da allora intuivo quanto fossero insulse e irritanti. La lettera si chiudeva così: «Orsù, rallegriamoci per il tuo ingresso nella schiera dei soldati di Dio».

Era davvero troppo per me dover assecondare quell'enfasi ipocrita, ma tacevo, dicendomi che dovevo essere docile e accettare la volontà della mamma.

«Quando la piccola Liliana leggerà la letterina, tu

dovrai dirle che l'hai scritta di tua iniziativa. Ricordatelo», mi ammonì.

Il giorno della cresima, attorniata da amici e parenti, Liliana si pavoneggiava nell'abito di taffetà bianco e con grazia artefatta leggeva a voce alta i biglietti d'accompagnamento ai doni. Finito di leggere il mio, la mamma mi diede di gomito perché parlassi. Io tacevo e allora lo disse lei, a voce alta:

«La mia bambina l'ha scritto di sua iniziativa».

Quella "iniziativa" mi dava sui nervi, la piccola Liliana mi dava sui nervi, mia madre mi dava sui nervi. Puntai contro di lei un dito accusatore e sbottai:

«Me l'hai dettato tu. Fosse stato per me, io non le avrei scritto e non le avrei neanche regalato i cioccolatini».

Ecco, ancora una volta mi ero ribellata e avevo combinato un guaio. Rossa di vergogna, mi alzai di scatto dalla sedia, attraversai la stanza e uscii in strada di corsa.

La mamma mi raggiunse, mi agguantò per un braccio e, incurante dei passanti, cominciò a sculacciarmi ben bene sibilando:

«Eppure devo riuscire a raddrizzarti, perché stai crescendo storta. Sono stanca di fare brutte figure per la tua testardaggine».

Arrivate a casa, raccontò tutto a mio padre e, tra le lacrime, domandò: «Dimmi tu cosa ho mai fatto di male per avere una figlia tanto ribelle».

Papà ascoltò lo sfogo della moglie. Le sue labbra si

incresparono in un accenno di sorriso, ma subito dopo aggrottò le sopracciglia e dichiarò con voce aspra: «Donne, non rompetemi le palle!».

Poi si distese sul letto con un libro in mano e riprese a leggere. Il letto e un libro erano gli strumenti con cui mio padre santificava la domenica.

Mio fratello e io dobbiamo a lui la passione per la lettura. Papà amava anche il cinema e ci andava almeno un paio di sere la settimana. Solo quando c'era un film che gli sembrava adatto, mi portava con sé. La mamma non leggeva e non andava al cinema, sostenendo che le bastavano le sue vicende personali per distrarsi. Considerava i film uno svago frivolo, finto e senza costrutto. E poi tutti quei baci che gli attori si scambiavano sullo schermo erano altamente immorali. Leggere, in verità, le costava molta fatica a causa della miopia che tuttavia non le impediva di cucire e ricamare bellissimi indumenti per me.

A me, intanto, non andava giù la patente di ribelle, perché io sola sapevo quanto mi pesassero quei miei scatti repentini spesso provocati dal comportamento ipocrita dei grandi.

Allora non sapevo che, nel corso degli anni, mi sarei sentita definire ribelle da tante altre persone, quando invece ho sempre creduto di somigliare a mio padre, un uomo dolcissimo e tuttavia determinato nella difesa delle proprie ragioni. Qualche volta papà prendeva fuoco, ma erano fiammate di pochi istanti, perché in lui prevaleva il bisogno di armonia con il resto del mondo.

Non immaginavo davvero che, in tarda età, l'ortopedico che mi segue da anni, il professor Enzo Meani, mi avrebbe prescritto un esame medico approfondito per una "lombosciatalgia ribelle".

Mi è sembrato intollerabile che anche i miei mali fossero definiti ribelli.

Per grazia ricevuta

Era inverno e ai disagi del gelo si sommavano i litigi sempre più frequenti tra la mamma e la nonna. Questo clima domestico mi pesava addosso come un macigno.

Sfidando il freddo e le strade ghiacciate, la mamma preferiva uscire piuttosto che stare in casa, e mi trascinava con sé per chiese e botteghe.

Capitava che, a mezza strada, lei sentisse impellente la necessità di fare pipì. Non ci pensava nemmeno di entrare in un bar e chiedere di andare alla toilette, anche perché avrebbe dovuto spendere in consumazioni. Entrava invece nell'androne di un palazzo e si rivolgeva alla portinaia: «Mi scusi, avrei bisogno di spandere acqua. Mi indica il gabinetto?».

L'espressione "spandere acqua" mi infastidiva. La portinaia, invece, si affrettava a indicarle il gabinetto in fondo al cortile. Io stavo fuori ad aspettare, battendo i piedi per il freddo.

Non ricordo di essere mai entrata in un bar con la

mamma, la quale sosteneva che in quei luoghi, che lei chiamava "esercizi", le donne perbene non entravano se non accompagnate dal marito. Il papà, invece, ogni volta che andavamo in centro, mi portava da Alemagna e mi offriva la cioccolata calda se era inverno e il frappè alla frutta se era estate.

Comunque, in prossimità del Natale, la mamma mi conduceva in un grande negozio dietro il Duomo dove vendevano paramenti sacri, statue di santi e di Madonne, ma anche le statuine con cui arricchivamo di anno in anno il nostro presepio, che veniva allestito in saletta, sul ripiano del controbuffè.

Al ritorno dal centro andavamo nella nostra chiesa parrocchiale, dove non c'era nessuno. La bella chiesa romanica di Santa Maria Rossa ci accoglieva nella luce calda delle candele. Ci inginocchiavamo su una panca. La mamma pregava, io mi annoiavo. Poi lei diceva:

«Adesso recitiamo il rosario, secondo le mie intenzioni».

Con un gesto plateale che io dovevo imitare, si faceva il segno della croce, scandendo: «In nomine Patris et Filii...», e iniziava a sgranare le olivelle perlacee della corona recitando una serie di avemarie, paternoster, gloriapatri e misteri gaudiosi.

Ogni tanto io interrompevo la nenia per lamentarmi del freddo.

«I santi e la Vergine hanno patito pene ben più grandi», mi rimbrottava lei.

«Non so nemmeno che vuol dire "secondo le tue intenzioni". Le mie sono quelle di correre a casa», sbottai una volta, dopo giorni di quella tiritera. Mi alzai e presi a correre verso l'uscita della chiesa. Lei mi rincorse, mi acciuffò per un braccio e, con uno scappellotto, mi costrinse a inginocchiarmi di nuovo, sibilando: «Sappi che se questa novena non avrà successo, sarà colpa tua».

Qualche giorno dopo, nella bottega di arredi sacri, la mamma acquistò un cuore d'argento contornato da lamelle simili a lingue di fuoco. Al centro del cuore spiccavano due lettere dorate: una G e una R.

«Che cosa vuol dire GR?», le domandai.

«Significa: per grazia ricevuta».

Inutile chiederle quale grazia avesse ricevuto, tanto non me lo avrebbe detto. Consegnò il cuore al parroco, perché lo appendesse nella teca accanto a un dipinto della Vergine.

Mio padre mi confidò la ragione di quella novena: era riuscito a indurre un anziano signore a vendergli la sua proprietà di Cimiano. Adesso doveva discutere le condizioni di pagamento.

«La mamma ci tiene tanto alla villa del Dionigi», mi spiegò.

Il Dionigi era un ricco signore che viveva in via Cappuccio e in estate si trasferiva in una grande villa un po' fatiscente a Cimiano, un borgo dietro a via Padova dove abitavamo noi. Io la conoscevo perché la mamma mi mandava a comperare il latte appena munto dai Vanetti, una famiglia che aveva stalle, bestie e terre lì vicino. La villa con giardino si trovava oltre la proprietà dei Vanetti. Qualche volta mi fermavo a guardare di là da un grande cancello di ferro battuto il porticato ad archi, la fila di finestre e balconi sempre chiusi e le statue di pietra che spuntavano dai cespugli incolti. All'interno della villa immaginavo fughe di saloni polverosi e silenziosi, abitati da fantasmi minacciosi. Allora ero percorsa da un brivido di paura e cercavo rifugio nell'atmosfera rassicurante dell'aia dei Vanetti.

Pare che in gioventù mio padre fosse stato amico di quella famiglia e si fosse innamorato della loro figlia più grande. La mamma mi aveva raccontato che lui andava a trovarla la domenica, calzando sui folti capelli ricci la "magiostrina", un cappello di paglia rigida che si usava quand'era ragazzo, e impugnando la "giannetta", un bastone da passeggio in canna d'India.

Pare anche che questa innamorata, chiamata "la Vanetta", avesse più di un corteggiatore e che mio padre avesse deciso di sbaragliarli tutti regalandole il "brillante", che aveva acquistato dal Mortara, un gioielliere affidabile. Poi accadde che, mentre varcava con il calesse l'androne della fattoria per la solita visita domenicale, qualche maligno buontempone avesse detto, al suo passaggio:

«È arrivato il cornuto».

Sospettoso fin da ragazzo, quel commento lo ferì.

Invece di fronteggiare i bulli e sistemarli a dovere, girò il calesse, tornò a casa sua e scrisse un biglietto alla Vanetta per dirle che scioglieva il loro impegno. Lei non rispose neppure, e si tenne il brillante.

Una volta la mamma mi accompagnò alla fattoria e mi indicò la sposa mancata di mio padre. Era davvero una bella signora dai grandi occhi scuri e languidi. Pensai che, come mamma, avrei preferito lei.

Dopo aver offerto alla Vergine il cuore d'argento "per grazia ricevuta", il papà andava ogni giorno in via Cappuccio, dal Dionigi, per perfezionare i dettagli del passaggio di proprietà della villa.

La prospettiva di trasferirci a vivere in quel villone popolato di fantasmi non mi piaceva. «Io sto bene qui, con i nonni», dissi a mio padre.

«Ma lo vedi anche tu che quelle due sante donne non riescono a convivere. Quando ci siamo sposati, e la mamma venne a stare a casa dei miei, era una lite continua con tua nonna Giö e tua zia Pina. Ora che mi sono trasferito qui, è la stessa storia. Io, dove mi mettono, sto. Tua madre no. Vuole la sua casa. Ti sembra che possa non accontentarla?».

In quel gelido inverno, nonostante i disagi e la monotonia dei giorni scanditi dai continui battibecchi e dal cibo pessimo, io stavo bene con la nonna che sferruzzava incessantemente accanto alla stufa, mi parlava di antiche storie, mi insegnava a fare l'uncinetto e mi leggeva le "pagine delle disgrazie" sul "Corriere della Sera". Abitudinaria, come tutti i bambini, ero sconvolta all'idea di un cambiamento che invece elettrizzava mia madre.

Una sera il papà, dopo esser rincasato, si appartò con la mamma. Io mi acquattai dietro la porta per ascoltare.

«È saltato tutto», lo sentii dire. «Oggi il nipote del Dionigi mi ha restituito la caparra. Dice che non vendono più. Demoliscono la villa e ne fanno appartamenti. Dice che, con l'attuale fame di alloggi, troveranno subito a chi affittare».

Pensai che la mamma fosse stata troppo frettolosa nell'acquistare quel cuore d'argento. Comunque mi ritirai rassicurata, mentre lei esplodeva in una delle sue crisi isteriche che il papà cercò di sedare promettendole l'acquisto di un gioiello che lei aveva adocchiato nel negozio della signora Elsa Mariani.

«È tutta colpa della novena alla Madonna che è sortita male per via di tua figlia!», urlò.

Allora ricordai la volta in cui avevo protestato per il freddo e per essere stata costretta a recitare il rosario sotto le volte gelide della chiesa. Terrorizzata, mi rifugiai in cucina, tremando all'idea del castigo che la mamma mi avrebbe inflitto.

La nonna stava mescolando con un cucchiaio di legno la semolina che cuoceva lentamente sulla stufa. «Con chi ce l'ha tua madre?».

Feci spallucce. Non potevo rivelarle che la trattativa con il Dionigi era andata a monte, perché quello era un segreto dei miei genitori.

Aspettai a lungo una punizione da parte della mamma. Miracolosamente non venne. Forse neppure lei aveva creduto fino in fondo al progetto di lasciare la nostra casa.

Il grigiore della quotidianità riprese il sopravvento.

Murcìss sparisce

Torno ai lunghi inverni, quando disegnavo il sole sui vetri ghiacciati delle finestre, tormentata dal prurito doloroso dei geloni ai piedi e ai lobi delle orecchie.

C'erano bambini che avevano croste sul viso e sulla testa. Ora so che erano dovute alla pessima alimentazione e alla mancanza di vitamine. Allora, invece, la mamma diceva che era tutta colpa della sporcizia e che dovevo stare alla larga da quei bambini. Per questo venivo tuffata due volte la settimana nell'acqua bollente e strigliata con il sapone di Marsiglia e un panno ruvido. Uscivo dal bagno rossa come un gambero. Io invidiavo le compagne "infette" e guardavo affascinata i lembi di cartina per sigaretta appiccicati alle croste per assorbire il siero.

Così, quando la mamma non mi vedeva, strofinavo le dita sulle loro croste e me le passavo sulle guance, sperando di far spuntare anche su di me quelle schifezze che mi sembravano medaglie al valore.

Invidiavo anche le compagne di classe che in inverno ci salutavano e andavano in colonia a Pietra Ligure per scongiurare il rischio di tubercolosi, essendo i loro padri tornati dalla guerra con malattie ai polmoni.

Un nostro vicino di casa, il signor Brendolan, violinista, era malato di tisi. Una notte ebbe rigurgiti di sangue e venne la guardia medica per portarlo in ospedale. La moglie aveva sparso per terra della segatura per pulire il sangue.

Il mio gatto Murcìss andò a zampettare nel mucchio infetto e più tardi, quando lo presi in braccio, mi sporcò di sangue. I miei genitori se ne accorsero e fu il panico. Mi toccò un bagno supplementare e la nonna aggiunse all'acqua del Lisoformio. Il rischio di aver contratto il pericolosissimo bacillo allarmò tutti quanti.

Il giorno dopo venni portata nell'ambulatorio del dottor Josti, il medico condotto, e la mamma gli raccontò l'accaduto.

«Quand'anche il gatto avesse contagiato la bambina, per ora non possiamo fare niente, se non aspettare», sentenziò il dottore.

«Sciur dutùr», intervenne la nonna, «non c'è proprio nessuna medicina per lei?».

«Datele un ricostituente», disse lui scarabocchiando qualcosa su un foglio del ricettario.

«E il gatto?», sussurrò la nonna.

Il dottor Josti allargò le braccia e non rispose.

Non colsi il significato della domanda della nonna

né della replica gestuale del medico. Invece apprezzai lo sciroppo che mi propinarono, dolce come il miele. A guastare tanta dolcezza, però, fu la perdita del mio Murcìss.

Ero abituata alle sue assenze, che a volte si protraevano per giorni. Aspettai a lungo il suo ritorno. Non lo vidi più.

Un paio di anni dopo, ripensando a lui, domandai alla mamma:

«Te lo ricordi il Murcìss?».

«Era un gatto molto intelligente», rispose lei.

«Mi è venuto il dubbio che abbia fatto una brutta fine».

«È probabile, era un gran libertino e, da Don Giovanni in poi, si sa che i debosciati finiscono male», fece lei, impartendomi l'ennesima lezione di morale.

«Era solo un gatto e seguiva il suo istinto, quello che gli ha dato il Signore». Per la prima volta ero riuscita a verbalizzare quanto mi irritassero le sue prediche.

Lei allora mi guardò con quei suoi occhi freddi come l'acciaio e rintuzzò:

«Dio ci ha dato l'istinto, ma anche la ragione per tenerlo a freno. Tu finirai molto male se non imparerai a controllare i tuoi impulsi».

«La ragione allora ti ha fatto compiere un delitto perché adesso penso proprio che sia stata tu a uccidere il mio Murcìss», strillai.

«È stato il nonno», replicò subito la mamma, per

scaricarsi la coscienza. «L'ha portato dal veterinario e lo ha fatto sopprimere. C'era di mezzo la tua salute. Adesso lo sai, quindi pensaci due volte, prima di sputare veleno».

Pensai al mio gatto, alla sua morte che mi era stata nascosta per non darmi un dolore e mi pentii delle mie parole.

Come sempre, mi rifugiai in giardino. Mi accucciai dietro un cespuglio e piansi per esser stata cattiva con la mamma e per la morte del mio gatto. Murcìss era riuscito a sopravvivere alla carestia degli ultimi mesi di guerra, e a non finire in padella, ma era stato eliminato in tempo di pace a causa di uno stupido incidente potenzialmente pericoloso per me.

Murcìss era un amico tollerante, affettuoso e sempre disponibile. Per molti inverni mi ero scaldata le mani infilandole nel suo pelo folto e lucente, mentre lui ronronnava sul mio grembo. Anche se la mamma diceva che gli animali non hanno un'anima, pensai che fosse in paradiso e che, da lassù, mi guardasse e sentisse l'amore che ancora provavo per lui.

E poiché recitando le preghiere dicevo: «Credo nella resurrezione della carne», lui, che era fatto di carne, sarebbe risorto con me e, assieme, avremmo ripreso a giocare: in estate attorno alle aiuole del giardino e in inverno nel mio letto.

Ricordo che composi una croce di minuscoli sassi bianchi a ridosso del muretto di cinta e vi deposi un mazzolino di mughetti che in quel periodo stavano fiorendo e spandevano intorno un profumo soave. Decisi che quella era la sua tomba e dissi al nonno di non toccare quel quadratino di terra, perché lì giaceva lo spirito di Murcìss.

I cannellotti della prima comunione

IN FAMIGLIA, il mio possibile contagio da tbc fu un argomento che tenne banco per giorni. Venivo tenuta d'occhio da tutti, come se da un momento all'altro dovessi avere anch'io uno sbocco di sangue. Ne vennero informati vicini e parenti, e ognuno diceva la sua, ognuno suggeriva rimedi.

Un'amica della nonna disse che dovevo mangiare tanto prezzemolo crudo. Allora lei cominciò a preparare terrine di salsa verde, aggiungendo l'uovo sodo, il sale, l'olio e il limone. Spalmava questa salsa sul pane che io divoravo perché mi piaceva tantissimo.

Una sorella della nonna, la zia Erminia, suggerì alla mamma lo zabaione con il marsala. Ogni giorno, a merenda, me ne toccava una scodella. Un'autentica leccornia, che mi regalava un beato senso di ebbrezza.

La vecchina che spazzava la chiesa e rinnovava le candele che ardevano davanti alle statue dei santi suggerì di legarmi intorno al polso un filo di lana rossa, dopo averlo imbevuto con la mia saliva al mattino, a digiuno. Quando si fosse asciugato, avrei dovuto tenerlo al polso per tutta la notte e, il mattino seguente, appenderlo al ramo di un albero, così la pianta si sarebbe infettata al posto mio. L'idea mi piaceva, ma la mamma la liquidò velocemente: «È una sciocchezza da fattucchiere».

Nel frattempo io benedicevo il sospetto della tubercolosi, che mi consentiva di consumare zabaioni e salsa verde a volontà.

Quanto al resto, stavo benissimo, tanto che mi mandarono a catechismo tutti i pomeriggi in vista della prima comunione e della cresima. Era don Giuseppe Roncoroni, il parroco di Santa Maria Rossa, a tenerci lezione. Seduto su una sedia davanti a noi bambini, che occupavamo le prime panche, ci spiegava i rudimenti del cattolicesimo, ci parlava dei santi e dei martiri che, nel nome della fede, si erano immolati per noi. Dietro di noi sedevano le nostre mamme. Alle bambine il parroco ricordava i supplizi subiti dalle donne: a qualcuna avevano cavato gli occhi, ad altre i seni, altre erano state arse vive. Ai maschietti parlava dei martiri che erano stati scorticati, oppure legati a un palo e trafitti con le frecce, e di quelli mutilati in varie parti del corpo. Una vera carneficina.

Una volta, timidamente, posi una domanda che mi bruciava da tempo sulla lingua: «Perché Gesù non ha sterminato i loro carnefici, invece di lasciar soffrire i martiri?».

Ci fu un istante di silenzio terrificante. Io avvampai, sicura di aver fatto una domanda molto sciocca.

«Allora non sarebbero stati martiri e noi non saremmo qui a parlarne. Come si può mettere a dura prova una fede, se nessuno tenta di osteggiarla? Se tu fossi una bambina mansueta non dovrei benedirti ogni volta che tua mamma e tua nonna me lo chiedono, come fossi un cane da pastore. E adesso smettila di spaccare il capello in quattro e fammi sentire se hai imparato i dieci comandamenti», fu la conclusione di don Giuseppe.

La mamma mi aspettò fuori dalla chiesa e mi aggredì: «Hai fatto proprio la figura della stupidella. E adesso le altre mamme penseranno che non ti so educare».

A me invece sembrava che don Giuseppe mi avesse guardata quasi con tenerezza, come sempre. Ancora una volta ero assillata dalla solita domanda: sono io quella sbagliata o è la mamma che sbaglia?

Comunque, le lezioni di catechismo continuavano e iniziarono anche i preparativi per la comunione e la cresima.

La mamma mi portò dalla sua parrucchiera perché mi facesse la permanente. I miei capelli erano lunghi e diritti come i suoi, quindi bisognava arricciarli per poterli pettinare in lunghi boccoli: i "cannellotti".

Fu un pomeriggio di tortura. Per arricciare i capelli mi riempirono la testa di pesantissimi bigodini di metallo dentro cui scorrevano tubicini di gomma contenenti vapore di ammoniaca insufflato da un macchinario elettrico. Una procedura rischiosa, dato che qualche donna era rimasta fulminata.

«Chi bella vuol comparire, un po' di male deve soffrire», mi consolava la nonna.

Io ci tenevo molto ad avere i cannellotti e così subii quel tormento con uno stoicismo certamente degno di miglior causa. Con lo stesso stoicismo affrontai le numerose prove dalla sarta per l'abito bianco.

L'abito era molto importante perché, come diceva la mamma: «Ci si cresima e ci si sposa una sola volta nella vita».

L'abito lungo che sfiorava la punta dei piedi era nei miei desideri da sempre. Invidiavo la nonna che da ragazza indossava la "veste lunga fin ai pée" ogni giorno, perché allora usava così, e subivo come un castigo quotidiano l'imposizione delle gonnelline al ginocchio volute dalla moda dei miei tempi.

A me piaceva coprirmi e mi vergognavo quando mi portavano dal medico che mi faceva spogliare. Così come al mare mi vergognavo a indossare il costume da bagno di maglietta di lana che somigliava tanto alla muta di un sommozzatore.

Dunque non vedevo l'ora di avere l'abito bianco lungo e di coprire la testa con il velo.

Senza tener conto della messe di regali che si andavano accumulando per quel giorno nei cassetti in camera della mamma e che avrei potuto scartare solo al ritorno dalla chiesa, prima di pranzo.

Mancava un mese al grande giorno quando, un mattino, mi svegliai con la febbre.

Le due medichesse di casa, mamma e nonna, mi scoprirono petto, pancia e schiena per controllare se ci fossero i segni di una malattia esantematica. Ero liscia come un neonato. Poi controllarono le mucose della bocca. Tutto negativo. Infine vollero annusarmi il respiro. Poi si guardarono negli occhi ed emisero la diagnosi:

«La tusetta l'è infesciàda».

La mamma attribuì la colpa dell'imbarazzo intestinale alle salse verdi che mi propinava la nonna, la quale rovesciò l'accusa sulla mamma: «Sono i tuoi zabaioni! Uova, marsala e zucchero tutti i giorni!».

Tra le due contendenti, la terza, cioè io, prese a urlare: «Il clistere no!», sapendo che quella sarebbe stata la cura drastica per la febbre.

«El clisteri sì», disse la mamma scendendo in cucina a scaldare l'acqua, mentre la nonna andava alla ricerca della pera di gomma da riempire con acqua tiepida e bicarbonato di sodio.

Una mi teneva immobile, perché io mi dibattevo e strillavo, l'altra mi riempiva l'intestino con l'acqua e urlava più forte di me: «Smettila di fare la piaga, perché è per il tuo bene».

Il rimedio sovrano a tutti i mali non produsse cambiamenti. La febbre persisteva. Allora spuntò il tubetto ambrato che conteneva il chinino di Stato sotto forma di pilloline di un bel rosa invitante da ingerire con un bicchiere d'acqua.

Il rivestimento che sapeva di mandorle era stato all'origine di un dramma quando avevo due anni e mi ero rovesciata in bocca tutto il contenuto del tubetto, credendo fossero caramelle. Di quella specie di involontario suicidio ricordo solamente un malessere devastante, una corsa in automobile verso la guardia medica di Porta Venezia e una voce femminile, probabilmente della mamma, che diceva: «Presto, presto, perché questa mi muore!».

Dopo alcuni giorni di febbre, che neppure il chinino riusciva a debellare, venni riportata dal dottor Josti.

«Non vorrei che fossero i primi segnali della tisi», lo informò la mamma. «Glielo avevo detto che il nostro vicino è a Garbagnate». Pare che a Garbagnate ci fosse un sanatorio per i malati di tisi.

Il medico mi auscultò petto e dorso. Poi mi lasciò sdraiata sul lettino, raccomandandomi di stare immobile dopo avermi infilato un termometro nell'incavo dell'ascella.

«Trentasette e otto», disse dopo un po'. «Effettivamente la temperatura è un po' alta, ma non ci sono altri segnali che facciano pensare alla tisi».

«E allora? Questa febbre?», lo sollecitò la mamma.

«La rivesta», disse lui e soggiunse: «Potrebbe essere una febbre criptogenetica».

La mamma non fece domande per non passare da

ignorante, ma riferì tutto a mio padre per chiedergli lumi.

Papà consultò il dizionario, anzi il vocabolario, come lo definiva lui, e infine rivelò: «Significa che la bambina ha un febbre di origine nascosta».

«Ne so quanto prima», commentò lei, spazientita.

La febbre persisteva. I giorni della comunione e della cresima si avvicinavano. La mamma decise di portarmi dal dottor Finzi, che lei considerava un luminare.

La sua visita fu ancora più accurata. Mi guardò in gola, negli occhi, verificò se avessi ghiandole ingrossate sul collo e all'inguine, mi schiacciò pancia e petto chiedendomi: «Fa male qui?».

Non mi faceva male niente.

«In apparenza la bambina è sana», sentenziò il dottor Finzi. «Se la febbre persiste, bisognerà farla ricoverare in ospedale. Se peggiora, mi chiami subito. Se migliora, non ci pensiamo più».

A quel punto la mamma tirò fuori l'asso dalla manica: «Il nostro medico dice che la sua è una febbre criptogenetica».

Il dottore stette zitto qualche istante e poi mi domandò se mi piaceva studiare, giocare, stare con le amiche. Infine sparò: «Potrebbe essere una febbre di origine psichica». Dopo si rivolse a me e mi chiese: «Vai più d'accordo con la mamma o con il papà?».

In quei giorni la mamma era dolce con me. Spesso accostava le labbra alla mia fronte per sentire se scottavo e quel bacio-non bacio mi piaceva tanto, perché mi faceva sentire amata, e anch'io la amavo. Così dissi: «Con tutti e due».

Il giorno in cui avrei dovuto andare in chiesa per ricevere la cresima, la febbre mi era salita a trentotto.

«La bambina rimane a letto. Si cresimerà l'anno venturo», disse il papà.

«Non se ne parla nemmeno», decise la mamma. «La copro bene e farà la cresima, anche perché non si sa mai che mi muoia. Se fosse, morirà nella grazia del Signore».

Un po' stordita e vacillante, ricevetti la sacra unzione dall'arcivescovo di Milano che, all'epoca, era il cardinal Ildefonso Schuster, un ometto esile come un fuscello che, sotto i paramenti sacri, vacillava più di me.

O se guarìss, o se mör

Ero in camera mia e sonnecchiavo stremata dalla stanchezza.

«Sveglia!», tuonò una voce. «Inscì se po no andà avanti. O se guarìss, o se mör. T'è capì?».

Aprii gli occhi e mi alzai a sedere. La figura imponente del nonno torreggiava ai piedi del mio letto. Lo guardai frastornata.

Dal piano terreno arrivavano il brusio degli ospiti e il tintinnio delle stoviglie. Erano tutti a tavola a festeggiare me, che ero assente.

Allora il mio concetto di malattia e di morte era piuttosto vago. Sapevo che quando ci si ammala, dopo si guarisce. A volte ci vuole tempo, perché, come diceva la nonna, «i mali arrivano in carrozza e se ne vanno a piedi». Sapevo anche che, quando non si guarisce, alla fine si muore. E sebbene avessi visto da vicino un uomo ammazzato durante la guerra di liberazione, e avessi visto le fotografie di Mussolini e dei suoi seguaci appesi per i piedi a un distributore Esso di piazzale Loreto, e quelle dei bambini della scuola di Gorla uccisi durante un bombardamento diurno degli Alleati, consideravo un morto una specie di bambolotto la cui anima era volata via. Come tutti i bambini, non temevo la morte perché non conoscevo ancora la vita.

Ma ora il nonno mi stava quasi minacciando e nella sua voce irata c'era una nota dolente. Da settimane la mamma preconizzava la fine imminente della mia vita terrena parlandone a bassa voce, come si trattasse di un evento doloroso, ma inevitabile.

Poche ore prima, dopo aver ricevuto la sacra unzione, ero sul sagrato della chiesa, in mezzo a una ressa di altri bambini, circondata da parenti e amici festanti. La febbre mi aveva privato della voglia di partecipare alle celebrazioni e, con il corpo scosso da brividi fastidiosi, avevo distrattamente ascoltato un feroce battibecco tra la mamma e il papà a proposito delle fotografie che avrebbero dovuto immortalarmi nell'abito bianco, il capo ornato di cannellotti e coperto dal velo di tulle ondeggiante alla brezza di primavera.

«Ho detto che voglio le fotografie della bambina con il vestito della cresima, perché sono importanti», insistette la mamma sfidando il diniego di mio padre, che mi teneva per mano.

«La sola cosa importante è che la piscinìna sia messa subito a letto. Non vedi che non tiene gli occhi aperti?», urlò lui a sua volta.

«Se mi muore, voglio sulla lapide la fotografia con il vestito bianco».

Per quanto stordita, notai due cose: l'ira di mio padre che si scagliò contro la mamma e, cosa che non aveva mai fatto prima, minacciò di prenderla a schiaffi, e il dolore negli occhi d'acciaio della mamma.

I parenti cercarono di separare i due. Io intanto mi immaginavo già sepolta nel piccolo cimitero di là dal Naviglio, dietro casa nostra, con la mia fotografia su porcellana al centro della lapide. Mi figurai la mamma che mi portava i fiori, piangeva sulla mia tomba, baciava il mio ritratto e si rivolgeva a me, che la guardavo dal paradiso, dichiarandomi tutto il suo amore.

Non ricordo nulla della seduta fotografica di quel giorno firmata dallo studio Bianchi di viale Monza. Ma a testimonianza della cocciutaggine della mamma conservo ancora alcune foto di me in abito bianco, i guantini di pizzo, la borsetta al polso, il messale in mano, e lo sguardo un po' appannato.

Ora il nonno incombeva su di me, con il sopracciglio aggrottato. Come un furente dio dell'Olimpo, mi poneva di fronte a una scelta immediata: o guarire o morire. Come se dipendesse da me. Non sapevo di dover scegliere.

Fino a quel momento avevo creduto che avere la febbre comportasse qualche vantaggio. Primo fra tutti le labbra della mamma sulla mia fronte ogni giorno, più volte al giorno. Poi le spremute di arancia, che mi piacevano moltissimo. Potevo avanzare il cibo nel piatto senza venire sgridata e costretta a finirlo. Le compagne di scuola venivano a trovarmi portandomi cartocci di caramelle all'anice, bastoncini neri di liquirizia e cicche americane. Qualcuno mi regalò una saponetta Lux, il "sapone delle stelle", che aveva un profumo soave. Mi sembrava di essere la principessa di una favola. La febbre era la cosa più bella che potesse capitarmi.

«Voglio dormire», farfugliai, tornando a sdraiarmi nel letto.

«E invece non puoi», disse il nonno, «perché qui c'è qualcuno che ha bisogno di te». Si chinò ai piedi del letto e ne riemerse tenendo in mano un piccolo cesto di vimini che pose sul risvolto del lenzuolo.

Alzai il capo dal cuscino per guardare nel cesto e incontrai due occhi tondi, lucenti come biglie di vetro e un nasino rosa come la coperta del mio letto. Da quel fagottino di pelo tigrato, folto e morbido, giunse un fievole miagolio che sembrava un "ciao". Era il più bel micetto che avessi mai visto. Fu amore a prima vista.

«Di chi è?», domandai.

«È tuo», disse il nonno.

«Come si chiama?».

«Non ha ancora un nome».

«Micio», decisi io. «Si chiama Micio».

Il gattino scivolò fuori dal cesto, avvicinò il musetto al mio viso e prese a leccarmi una guancia.

«Ha fame», osservai, ridendo.

«Te tuca a ti dagh de mangià», disse il nonno.

Fra i doni che avevo ricevuto quel giorno, e che erano ammonticchiati sul mio tavolino, quello era il più bello.

La famosa febbre "criptogenetica" misteriosamente sparì, così come misteriosamente si era presentata. Durante la mia indisposizione ero cresciuta di un bel po', tanto che, qualche settimana dopo, quando dovetti indossare di nuovo il mio abito bianco per una funzione religiosa, la mamma constatò che sia le maniche sia l'orlo erano diventati troppo corti.

Intanto ero tornata a scuola e mi pavoneggiavo con quei miei lunghi cannellotti che mi costavano però una vera tortura dato che, ogni mattina, la mamma doveva ricompormeli usando il ferro rovente.

«Questi capelli sono troppo lunghi. Bisogna tagliarli», disse un giorno la mamma.

Io non volevo. Mi vergognavo troppo dei miei capelli "dritti come spinaci", del naso "lungo come quello di Pinocchio", delle gambe "così storte che in mezzo ci passa una lepre" e delle altre manchevolezze fisiche che mia madre spesso elencava, guardandomi con un senso di pena. Qualche volta mi scrutava con un sorrisetto a mezza strada tra la pietà e il compiacimento e sussurrava: «Poverina, sei proprio bruttina».

Lo sapevo da un pezzo di non essere bella come lei e di assomigliare piuttosto al mio papà. Non sapevo invece quanta insicurezza generassero in me le sue parole e il suo accanimento nel farmi sentire più brutta di quanto già mi sentissi. Da grande, dopo aver iniziato a lavorare su me stessa e a elaborare le mie difficoltà, capii che mia madre voleva fare di me una donna modesta in tutti i sensi, sia fisici sia intellettuali, così che, crescendo, invece di pensare all'amore per un uomo, pensassi a quello per Dio, diventando sua sposa.

Quando morì, tra le sue carte trovai una fitta corrispondenza con una cugina monaca che viveva in un convento di Lovere. In diverse lettere, scriveva: «La mia gioia più grande sarebbe sapere mia figlia in convento con te».

Allora mi ricordai di quella volta in cui l'avevo sfidata domandandole: «Ma perché non ci vai tu in convento?».

Ero già grandicella quando, nel cassetto del mio comodino, la mamma aveva trovato un tubetto di burro di cacao rosa. Lo aveva guardato, annusato e poi mi aveva trafitto con i suoi occhi di ghiaccio: «Che cosa combini? Adesso ti pitturi come una donnaccia?».

Ero arrossita per la vergogna e non avevo osato replicare. Lei, inflessibile, aveva continuato nel suo atto di accusa: «Tu, cara mia, ti stai mettendo su una cattiva strada. Adesso devi fare una novena alla Madonna perché ti insegni la modestia!».

Non ero riuscita a trattenere le lacrime, tanto mi sentivo una poco di buono, senza alcuna speranza di redenzione.

Dopo aver buttato il burro di cacao nella spazzatura mi aveva ordinato: «Rassettati, andiamo subito in chiesa».

Al mio «no!», gridato con tutte le forze, mi era arrivato sulla guancia un manrovescio da farmi girare la testa dall'altra parte.

«Peccatrice! Io ti spedisco in convento!», urlò la mamma.

Allora gridai ancora più forte: «Ma perché non ci vai tu in convento?».

«Perché ho avuto per madre una povera donna che non ha mai capito niente di me. Invece tu hai la fortuna di avere me, come mamma, e so io qual è il disegno di Dio per te. Tu ti farai monaca».

Quella volta ero andata dritta a sfogarmi con mio padre. Probabilmente lui fece alla mamma un discorso convincente perché, da quel giorno, mia madre non tirò più in ballo né monache né conventi.

Comunque, per tornare ai cannellotti, la mamma decise che era arrivato il momento di dare un taglio anche al frivolo piacere che essi mi procuravano.

«Adesso andiamo dalla parrucchiera».

Pensavo che la mamma volesse rifarsi la permanente, invece la cliente ero io.

«Leviamo tutti questi boccoli», ordinò mia madre.

Fu come se avessi ricevuto in pieno viso uno schiaffo immotivato. I miei cannellotti, la sola cosa di me di cui andavo fiera, sarebbero stati azzerati.

«Perché?», domandai alla mamma.

«Mettiti comoda, signorina», mi invitò la parrucchiera indicandomi una poltrona davanti a un grande specchio. L'istinto mi suggeriva la fuga, la ragione mi diceva che non potevo ribellarmi.

Vidi cadere i miei riccioli a uno a uno, prima sulla mantella bianca e da lì sul pavimento.

«Sua figlia sta piangendo», disse la parrucchiera alla mamma. Lacrime silenziose, grosse come goccioloni di pioggia, mi rigavano le guance. Subii quel taglio come un'umiliazione e pensai che mia madre fosse contenta di vedermi brutta.

«Così impari a fare la stimuscetta. Tu, cara mia, ti stimi un po' troppo e io ho il dovere di insegnarti la modestia con le buone o con le cattive, dipende da te», rincarò la mamma.

Mi misero in testa un fiocco bianco, come quando avevo cinque anni. Il giorno dopo, quando tornai a scuola, subii anche i motteggi delle mie compagne.

Per molti giorni non rivolsi parola a mia madre, mentre lei, di tanto in tanto, sibilava: «Hai soltanto nove anni, sei ancora una bambina e prega Dio di restare tale ancora per molto tempo».

Ora riconosco che quei boccolotti di sapore vittoriano erano anacronistici e un po' ridicoli, ma era ridicola anche tutta quella parata di organze, veli e tulle indossati da bambine che non capivano niente della sacralità della cresima, preoccupate solo di controllare se gli abiti delle amiche fossero più sfarzosi del loro: l'apparenza prevaleva su tutto.

Per settimane avevo mandato a memoria, giorno dopo giorno, l'intero libriccino del catechismo di Pio

X e, come un pappagallo, sciorinavo risposte a quesiti impegnativi:
«Chi ti ha creato?», domandava il parroco.
«Mi ha creato Dio», rispondevo.
«Chi è Dio?».
«Dio è l'Essere perfettissimo, creatore e signore del cielo e della terra».
Tutta questa fatica mnemonica alla fine veniva ricompensata da una festa che non aveva niente di mistico e dai miei bellissimi cannellotti che, in seguito, erano stati tagliati senza pietà.

«Il pìpedo non c'è»

Lo scherno delle compagne di classe per il taglio umiliante dei miei capelli sarebbe durato giorni se, provvidenzialmente, non fosse stato soppiantato da uno scandalo, inaudito per quei tempi in una scuola elementare. Si trattò di un misfatto commesso dai maschi ai danni delle femmine. La nostra, infatti, era una classe mista. Le bambine occupavano le prime file di banchi, i bambini le ultime. Noi guardavamo quasi con superiorità l'altra metà del nostro cielo, perché ci ritenevamo più pulite, più disciplinate e più studiose di loro. Forse, inconsciamente, tentavamo di pareggiare in anticipo il conto con i maschi, intuendo che saremmo diventate adulte in un contesto sociale che privilegiava loro.

Così ci burlavamo del povero Pillon che, data la miseria dell'epoca, era ridotto a calzare le scarpe di sua madre, cui era stato segato il tacco, e che avevano le punte all'insù. Per la stessa ragione, durante l'inverno, un altro maschietto era stato costretto a coprirsi con un pellicciotto spelacchiato di lapin scartato dalla sorella maggiore. Noi lo chiamavamo "signorina". C'era poi il Peppino che, ogni tanto, si faceva pipì addosso: lo avevamo soprannominato Peppino Piscione.

Un giorno ci divertimmo molto anche con un altro compagno che, chiamato alla cattedra, alla maestra che gli chiedeva i confini dell'Italia, dopo un attimo di smarrimento rispose: «L'Italia confina in Togliatti, se non fosse che c'è sempre De Gasperi a rompergli le palle». Si meritò quattro in geografia, tre in italiano perché non sapeva la differenza tra confinare e confidare, e zero in educazione morale e civile perché in classe non si parla di politica e non si dicono le parolacce.

A quei tempi non esistevano le penne biro. Le penne erano cannucce di legno in cui veniva inserito il pennino a una delle estremità. Si intingeva il pennino nel calamaio badando a non immergerlo troppo per non macchiare di inchiostro il quaderno.

Ogni banco disponeva di un calamaio che, di tanto in tanto, veniva rabboccato dalla signora Virginia, l'anziana soccorrevole bidella della scuola. C'era anche un bidello, il signor Filippo. Lui interveniva quando si inceppava una tapparella, quando c'era da conficcare un chiodo nel muro o spostare i pesanti attrezzi della palestra.

Una volta che la signora Virginia era assente, la maestra dovette ricorrere al suo aiuto: «Filippo, sto spiegando geometria. Mi porti, per favore, il parallelepipedo».

L'uomo, un tipo lungo e secco, con gli occhi storti e i denti radi, ebbe un attimo di esitazione e poi scattò sull'attenti: «Subito, signorina maestra».

Quel "subito" si protrasse per una buona mezz'ora. Alla fine Filippo tornò in classe e annunciò:

«Il pìpedo non c'è».

La maestra ignorò lo strafalcione e domandò:

«Dove lo ha cercato?».

«In palestra».

«Filippo, lo sa cos'è un parallelepipedo, vero?», fece lei con voce di miele.

«Sono quei due bastoni dove i bambini si attaccano per dondolare», rispose compunto. Aveva scambiato le parallele con il parallelepipedo.

Quando se ne andò, la maestra disse:

«Lo vedete, bambini, cosa succede quando non si sanno le cose più elementari? Come potrà mai, questo pover'uomo, far valere i suoi diritti se non conosce i suoi doveri? Per il lavoro che svolge, dovrebbe sapere cos'è un parallelepipedo. Lui ha studiato poco e male. Che vi sia di monito per dedicarvi allo studio».

Una mattina, nell'intingere la penna nel calamaio per scrivere la D maiuscola della parola "dettato", ci accorgemmo che il pennino non scriveva. Eppure il piccolo cilindro di vetro scuro, infilato nell'apposita sede sul ripiano del banco, era colmo. Riprovammo, scambiandoci sguardi perplessi. Il pennino lasciava sul foglio la scia acquosa di un liquido trasparente. Una bambina disse ad alta voce: «Signorina, l'inchiostro non scrive».

La maestra si irritò per il brusio e le risate sommesse che venivano dalle file dei banchi dei maschi. Uno di loro esultò: «Noi scriviamo benissimo».

L'insegnante abbandonò la cattedra, si accostò al mio banco, estrasse il calamaio e lo osservò in controluce. Fece lo stesso con un secondo e con un terzo calamaio.

«Al posto dell'inchiostro, vedo dell'acqua sporca», disse alla fine. Poi esaminò i calamai dei maschi, che se la ridevano, perché loro l'inchiostro ce l'avevano.

«Sembra che qualche spiritoso abbia voluto fare uno scherzo alle bambine», concluse, tornando in cattedra.

Come tutte le mie compagne, anch'io seguii con attenzione l'evolversi di quel singolare avvenimento.

«Qualcuno vuole dirmi che cosa contengono i calamai delle vostre compagne e il perché di questa bravata?», domandò la maestra rivolgendosi ai maschi che ora tacevano compunti. Nessuno rispose. Allora chiamò la bidella: «Per favore, signora Virginia, porti un secchio e uno straccio».

Il contenuto dei nostri calamai venne versato nel secchio. La maestra fece uscire dal suo banco il Gusmaroli, il più alto e il più lavativo dei suoi alunni e gli ordinò di intingere lo straccio nel secchio. Lui ubbidì.

«Adesso strizzalo e pulisciti la faccia».

Il Gusmaroli, che fino a un istante prima aveva sghignazzato con i suoi compagni, si bloccò, mentre si ammutolivano anche tutti gli altri.

«Ubbidisci alla maestra, brütt malnàtt!», gli ingiunse la signora Virginia.

Lui fece un salto indietro: «No, la faccia con la piscia non me la pulisco!».

Scese nell'aula un silenzio attonito.

«Torna al tuo posto», gli ordinò la maestra a muso duro. E proseguì:

«Adesso voglio sapere chi è stato».

In quell'occasione potei misurare lo spirito di corpo dei maschi che, a differenza delle femmine, sanno benissimo solidarizzare tra loro.

Nessuno denunciò nessuno.

«Signora Virginia, mi tenga d'occhio la classe. Io vado a chiamare la direttrice», disse la nostra insegnante.

La direttrice era una specie di cerbero. Non sorrideva mai, non salutava nessuno, vestiva sempre di scuro, parlava a voce bassa e quando si rivolgeva a qualcuno, quello si sentiva sempre colpevole di qualcosa, anche se era innocente come un agnellino.

Venne in classe con la nostra maestra, salì sulla predella della cattedra, scrutò le file dei maschi e sibilò:

«Ora le vostre compagne usciranno in cortile a giocare. Voi non lascerete quest'aula per tutto il giorno, se sarà necessario. A meno che il colpevole non si denunci».

Io non volevo affatto andare in cortile a giocare. Quella era una vicenda troppo eccitante per perdermi il seguito. E invece me lo persi, perché dalle file dei maschi non si levò neppure un sospiro.

Soltanto a fine mattina si seppe che gli autori del misfatto erano i maschi del doposcuola. Lo avevano perpetrato il pomeriggio del giorno prima, quando si trovavano in aula da soli.

Furono tutti bocciati all'esame di terza elementare e dovettero ripetere l'anno.

Quella fu l'unica volta in cui l'oltraggio dei maschi si ripercosse favorevolmente sulle femmine. L'anno successivo la classe era sfoltita e la quarta elementare filò via in un soffio.

Nel frattempo i miei capelli avevano cominciato ad allungarsi e l'anno dopo, in quinta, sfoggiavo due grosse trecce che non mi dispiacevano.

El me renàrd

Un giorno, a Dio piacendo, la mamma riuscì a trovare una moglie per lo zio Giovanni, suo fratello, che viveva con noi. Era la seconda volta che la mamma provava ad accasare lo zio. La prima era andata male, perché la candidata, una zitella poco avvenente, l'aveva rifiutato.

Un mattino di maggio, la madre di quella Liliana, a cui avevo dovuto scrivere un biglietto di felicitazioni per il "fausto giorno" della sua santa cresima, venne a trovare la mamma per parlarle di una certa sua idea. La mamma ne parlò a sua volta con la nonna e la sera vennero informati anche gli uomini di casa.

Insomma, da La Spezia era arrivata a Milano una certa Pinuccia, figlia di un ammiraglio palermitano, don Mimì Sajeva, che era diventata un cruccio per i suoi genitori perché, alla soglia dei trent'anni, non si era ancora maritata. In realtà Pinuccia si stava macerando nella vergogna da quando il fidanzato, il giorno prima delle nozze, era sparito nel nulla dopo aver annunciato: «Vado a prendere le sigarette». Pinuccia era caduta in depressione, tanto che sua madre, la signora Catalisano in Sajeva, l'aveva spedita a Milano a casa di suo fratello, l'ingegner Catalisano, perché la facesse distrarre un po' e magari, chissà, le scovasse un nuovo fidanzato.

«La famiglia è ottima, sebbene siano siciliani. Lo zio Catalisano è un professionista stimato, ha una moglie devota e un figlio che studia in collegio. Tu, che cosa ne dici?», concluse la mamma rivolgendosi a suo fratello.

«Vorrei prima parlare con questo zio», borbottò lui, poco convinto.

«Ti aspetta domani pomeriggio a casa sua e io ti accompagno», lo informò mia madre.

Io, che non mi ero persa una sola parola di quel consiglio di famiglia, alla fine domandai: «Posso venire anch'io?».

Pensavo mi avrebbero risposto picche, invece la mamma disse: «Massì, vegn anca ti».

Il giorno dopo, in casa Catalisano, una cameriera ci aprì la porta e ci lasciò nel vestibolo immerso nella penombra, dicendo: «Avverto subito l'ingegnere».

Era una dimora severa, con le pareti in parte rivestite da librerie con le antine a vetri e in parte occupate da quadri antichi, raffiguranti strani personaggi. Alcuni di questi dipinti erano coperti per metà da tendine verdi.

«Tachen sü i purcherii e dopo j a quàten giò», commentò la mamma sottovoce. «Ci sono cinque quadri e tre fanno così vergogna che bisogna coprirli».

«Mùchela», disse lo zio.

Io fremevo dalla curiosità di sapere che cosa celassero quelle tendine verdi arricciate. E qualche curiosità dovevano averla anche la mamma e lo zio visto che, come me, non si allontanavano da quelle tre tele mostrate solo a metà.

«Lo faccio per mia moglie. Lei passa i suoi giorni a pregare e vorrebbe solo i ritratti dei santi. Ma questi sono dipinti di famiglia e non posso alienarli per farle piacere», disse un personaggio imponente che si era profilato alle nostre spalle.

Era l'ingegnere, lo zio della zitella.

I tre si dileguarono in una stanza e io rimasi sola. Avevano ritenuto opportuno parlare senza la mia presenza. Ero un po' mortificata per essere stata esclusa. Il vestibolo immenso, cupo e silente, le figure misteriose dietro le tendine dei dipinti, il rumore di un tarlo che rosicchiava un mobile, il brusio sommesso che veniva dalla stanza in cui i miei si erano isolati per parlare, mi avevano messo in corpo la voglia di scappare. Sapevo di non poterlo fare e mi sedetti su un pouf di velluto polveroso. Avrei almeno voluto vedere cosa c'era dietro le tendine che coprivano le tele, ma erano troppo lontane dalla mia portata e nemmeno salendo con i piedi sul pouf riuscii a raggiungerle.

Ancora oggi, a distanza di decenni, quando penso a quell'episodio, proprio come sto facendo ora, mi ritorna la curiosità di sapere quali peccaminose immagini celassero le tendine.

Poi conobbi quella che sarebbe diventata la zia Pinuccia. Un pomeriggio si presentò a casa nostra, con suo zio, per un caffè. Era una creatura filiforme, con una gran testa di capelli neri e crespi, il viso cavallino dai lineamenti pesanti: grosse labbra carnose, naso a patata, guance paffute, sguardo sofferente. Indossava un tailleur di seta blu. La giacca aveva la baschina a godet che imprimeva al tessuto un po' rigido una serie di cannoli, a nascondere il fondoschiena piallato. Calzava scarpe bianche dal tacco vertiginoso e profumava di cipria. Mi piacque subito e le sorrisi.

Di quel fidanzamento ricordo soltanto l'anello d'oro giallo a forma di margherita panciuta con al centro un brillante paglierino. Lo aveva fatto fare da un suo artigiano la signora Mariani, dietro ordinazione di mia madre.

«Mettimelo tu», disse la Pinuccia, quando lo zio le presentò lo scatolino aperto con dentro l'anello. I due fidanzati erano soli in giardino, seduti sotto il portico. Un po' impacciato, lui aveva obbedito.

Lo zio, un uomo mite, timido e solitario, era tuttavia capace di diventare una furia se gli si chiedeva del denaro. Visto che risparmiava su tutto, penso che l'acquisto di quell'anello dovette procurargli qualche turbamento. Infatti, quando la mamma glielo consegnò, lui minacciò di picchiarla. Lo zio poteva transigere su molte cose, ma non sui soldi.

«Té faa tüsscòss ti cun la Mariani. Adess metà t'el pàghet ti», urlò.

«Te set cume el papà», lo investì mia madre. «Te se tachett sü per pend giò». Insomma gli diede dell'avaraccio.

Al che, lui si infuriò ancora di più: «Deficiente sei nata e deficiente morirai! Io non avevo intenzione di spendere tutti questi soldi, e tu lo sapevi benissimo. Tira föra i danée!».

Per niente intimorita dalla sua aria minacciosa, la mamma strillò: «Te set ti el deficiente! Go minga de spusàla mi la tua murùsa!».

Il pugno che lo zio Giovanni tendeva minaccioso verso mia madre calò sul tavolo contemporaneamente a quello di mio padre che, fino a quel momento, aveva taciuto.

«Ma che razza di gente siete?», sbottò. «I danée, sempre i danée! Mai che abbiate un gesto da signori. Va a dà via el cü, ti e i too danée! L'anèll per la tua murùsa el paghi mi, can de l'òstrega».

Afferrò la mamma per un braccio e la trascinò via. Papà era un impulsivo come me e, come me, alla fine ci rimetteva del suo. Però era incapace di covare livori e la pace tornò.

In occasione del matrimonio dello zio, la mamma decise che avrei avuto il mio primo tailleur. Con una flanellina azzurro cenere, acquistata al "Bianco e Nero", un negozio di tessuti di corso Venezia, mi cucì la gonna a pieghe e la giacca a sacchetto, sostenendo che ero troppo bambina "per segnare le forme". Questo ragionamento mi fece detestare il "tailleur" prima ancora che fosse finito. Indossai quella *mise* punitiva trattenendo le lacrime, anche perché la mamma aveva voluto sottolineare il fatto che ero ancora una bambina applicando alla gonna le bretelle, invece di una bella cintura stretta in vita, e completò l'opera con una camicetta rosa con il colletto alla bebè.

Poi, un giorno, partimmo tutti per La Spezia dove lo zio Giovanni avrebbe impalmato la Pinuccia, coronando così il sogno di mia madre, non quello di suo fratello che, secondo me, non aveva nessuna voglia di prender moglie. In seguito, quando ci furono le inevitabili burrasche tra la novella sposa e le due matriarche della famiglia, più di una volta sentii il papà rimproverare alla mamma la sua aggressività:

«Tu hai voluto questa cognata con tutta te stessa. Non tuo fratello, che stava bene così com'era. E adesso ti sei coalizzata con tua madre per dare addosso a quella poverina che non ha nessuna colpa, se non quella di aver accettato di venire a stare in questa casa. Tu non sei mai contenta. Non c'è mai una cosa che ti vada bene. Ma cos'hai in quella testa? Vorrei aprirla per guardarci dentro!».

La mamma, allora, dava inizio a una delle sue scenate isteriche, come faceva sempre quando era messa alle corde. Piangeva e urlava. Io mi spaventavo e il papà, che si spaventava più di me, si chinava su di lei, la abbracciava, le parlava dolcemente e la faceva distendere sul letto.

Per tornare alle nozze dello zio, arrivammo a La Spezia e alloggiammo in un albergo che si affacciava su una grande piazza davanti al mare.

Non ero mai stata in un albergo prima di allora e, la sera, feci i capricci perché non volevo dormire in quella camera estranea, in un letto sconosciuto. La mamma e il papà mi accolsero nel loro e io trascorsi la notte seduta tra i due cuscini, senza riuscire a prendere sonno.

Di quel matrimonio non ho ricordi, tranne quello del "renàrd", a conclusione del pranzo degli sposi in un ristorante. Mentre gli invitati recuperavano soprabiti, cappelli e altro, depositati al guardaroba, la mamma si ritrovò sulle spalle un renàrd che non era il suo. Il renàrd era la pelliccia di una povera volpe, completa di coda, zampe e musetto con tanto di occhi di vetro, che le signore portavano sulle spalle più per il piacere di esibirla che per riscaldarsi.

La mamma teneva moltissimo al suo renàrd, che conservava nell'armadio dentro un sacchetto di tela bianca con un po' di naftalina, perché le tarme non lo intaccassero. Come tutti i regali di papà, anche quella volpe argentata era di prima scelta. Lei ci vedeva poco, ma aveva un tatto sensibilissimo. Mettendosi la volpe sulle spalle si era subito accorta che non era la sua. Se l'era tolta immediatamente, esclamando: «Quel strasc chi l'è minga el me renàrd!».

L'errore era stato della guardarobiera che aveva consegnato all'anziana signora Catalisano, la mamma della sposa, la bella volpe di mia madre, la quale si precipitò verso di lei e, mentre con una espressione di schifo tendeva alla signora il suo renàrd, stringendolo tra il pollice e l'indice della mano sinistra, con la destra le strappò dalle spalle il suo renàrd.

Da buona palermitana avvezza al rispetto che le era stato sempre tributato in quanto moglie di ammiraglio, la signora Catalisano si indignò per il gesto brusco della mamma.

«Ma con chi crede di avere a che fare?», sibilò.

«Lo chiedo io a lei», replicò la mamma. «Io sono di Milano e le furbizie dei siciliani non mi piacciono».

Quello fu il preludio a una dichiarazione di guerra tra le due famiglie, una del Nord e una del Sud, che si protrasse negli anni facendosi sempre più feroce e si placò, svanendo in un pianto generale, soltanto quando la povera zia Pinuccia morì di eclampsia dando alla luce una bimbetta gracile e malata.

Soffrii molto per la morte di questa zia. Era una persona dolce, una sognatrice. Seduta al pianoforte, si scioglieva in lacrime abbandonandosi alla dolcezza della musica che suonava come in *trance*.

Ci patì molto anche la mamma che, al suo funerale, pianse senza ritegno, supplicando il suo perdono per averla tormentata quand'era in vita e promettendole che si sarebbe presa cura della neonata, chiamata Pinuccia come la madre. E lo fece per parecchi anni, fino a quando la cura di quella bambina gravemente inferma divenne troppo pesante per le sue forze.

Nel frattempo, sul comò della sua camera da letto, accanto alla fotografia della bisnonna Antonia Varisco, la mamma collocò anche il ritratto della defunta cognata che ora era stata promossa a martire delle angherie della nostra famiglia.

L'*Ave Maria* di Gounod

Non ricordo se prima o dopo il matrimonio dello zio Giovanni, ci furono le nozze d'oro del nonno e della nonna. Pur accapigliandosi, i due erano insieme da cinquant'anni e la ricorrenza andava festeggiata con tutti i crismi, senza badare a spese.

Questi avvenimenti interrompevano la monotonia della quotidianità e mi regalavano giorni di grande eccitazione, perché c'erano accordi da prendere con il parroco, l'organista, il fioraio, i parenti, i sarti, il fotografo e la zia Pettinaroli.

Come sempre, il nonno e lo zio Giovanni erano incaricati della stesura del conto economico di questa festa e, ogni volta che saltava fuori una nuova voce di spesa, si mordevano la lingua contrariati.

Io non mi perdevo niente di questi preparativi. Stavo sempre in mezzo ai grandi, ascoltavo i loro ragionamenti e, poiché mi era proibito intervenire, soffrivo a non poter dire la mia. Lo feci una volta per annunciare che non volevo il sarto per casa e mi presi uno schiaffo dalla nonna: «Tu sei l'ultima ruota del carro. Impara a tacere». La reprimenda ebbe l'approvazione incondizionata della mamma.

Da Pavia arrivò a casa nostra un sarto munito di valigia e attrezzi. Per tutto il tempo del suo soggiorno avrebbe tagliato, cucito, provato abiti e passato le notti sull'ottomana della saletta, destinata a laboratorio e dormitorio. Le donne, invece, sarebbero andate dalla sarta portandole i tessuti, dopo aver scelto stoffa e modelli tra le tante riviste di figurini che l'artigiana metteva a disposizione e consultava con loro.

L'abbigliamento, in queste ricorrenze, era la spesa più consistente.

Per risparmiare soldi sul versante maschile, la mamma e la nonna disfacevano vecchi cappotti, soprabiti, giacche e pantaloni. Li lavavano in acqua fredda con il sapone di Marsiglia, li facevano asciugare su un graticcio coperto da un lenzuolo e li stiravano con il ferro a carbonella. Poi il sarto iniziava la sua opera riutilizzando il tessuto a rovescio. «Questa è stoffa di una volta», approvava. «Adesso nessuno fa più roba così bella». Quando era possibile, venivano anche riutilizzate le fodere in seta che, a detta di tutti, erano migliori di quelle di rayon.

Un giorno la mamma e la nonna, dopo aver acquistato i "benìss", i confetti, in via Orefici, mi portarono con loro nel negozio della zia Pettinaroli a scegliere le partecipazioni su cartoncino doppio. Sul frontespizio vollero stampato il dipinto delle nozze di Maria con

Giuseppe. Il testo interno fu opera della zia che, per compensare il costo esorbitante dei biglietti, regalò ai miei nonni, che erano i suoi zii, una grande scatola di cuoio scuro foderata di damasco color paglia. Sulla via del ritorno ci fermammo in corso Buenos Aires, dal Mortara, per scegliere le bomboniere. Lì le due ebbero abbastanza buon senso da chiedere un preventivo per sottoporlo al nonno il quale, dopo averlo esaminato, prese come al solito a mordersi la lingua e a imprecare contro moglie e figlia, definendole "la rovina della mia vita". Le bomboniere d'argento vennero sostituite da sacchettini di cellophane, decorati con arabeschi d'oro.

Nel corso degli anni mi sono chiesta spesso se il nonno e la nonna si fossero mai amati, visti i loro rapporti burrascosi, e ho concluso che, a modo loro, si erano amati davvero.

Una volta sentii il nonno dire a un'amica di famiglia:

«Mia moglie è la sola donna che ho conosciuto alla quale abbia voluto bene». Colsi nel tono della sua voce una tenerezza rara. E mi tornò in mente quello che mi aveva raccontato la nonna a proposito del loro fidanzamento:

«Avevo un pretendente che venne a trovarmi per chiedere ai miei genitori il permesso di "parlare" con me. Si presentò portandomi in regalo una scatola di saponette, quasi a significare che dovevo lavarmi. Quel dono non mi piacque neanche un po' e meno ancora mi piacquero i suoi calzini rossi. Figuriamoci! Quando mai s'è visto un giovanotto con le calze rosse? Poi venne uno sbruffone con il barroccio e la frusta in mano. Entrò in casa senza neanche levarsi il cappello. Un falchetto più ignorante di una gallina. Con quello non ci volli neppure parlare. Infine si presentò tuo nonno. Una gran testa di capelli biondi, ondulati, gli occhi celesti come il manto della Madonna. Mi tese un mazzo di gigli bianchi, profumatissimi. Gli dissi subito di sì. Anche se parlava poco e niente. Anche se dovevo andare a vivere con sua madre che era vedova. Anche se c'era in casa un altro fratello, scapolo, che però si faceva i fatti suoi e si vedeva di rado».

Talvolta mi sono chiesta se i nonni avessero mai conosciuto la grande passione, almeno all'inizio. Probabilmente sì, perché il primo frutto della loro unione fu un figlio assai bello, dal tratto nobile, lo zio Gino, che entrambi amarono in uguale misura.

Lo zio Giovanni e mia madre, che nacquero in seguito, non vennero tanto bene. La mia mamma era considerata una "deficiente" e lo zio Giovanni era ancora più strano di sua sorella.

Con lo zio Gino mio padre legò molto bene. Nei momenti liberi erano sempre insieme. Avevano tante cose in comune.

«Il Gino è il fratello che non ho mai avuto», diceva spesso papà. Invece poi, spinto da mia madre, gli toccò spartire con lo zio Giovanni un'impresa sgangherata che non portò frutti.

Lo zio Gino morì un mattino d'agosto mentre stava

alzandosi dal letto per andare in ufficio. Fu una morte istantanea preceduta dal grido: «Mio Dio, che mal di testa!».

«Ghè vegnü un culp e me l'ha purtà via», raccontava la nonna alla gente.

Per molto tempo la nonna e io andammo al cimitero ogni mattina a portare fiori sulla sua tomba. La nonna non faceva che piangere. Il nonno no. Ma se prima era stato un uomo di poche parole, dopo la morte del figlio si chiuse in un mutismo esasperante.

Comunque, per le nozze d'oro, lo zio era ancora vivo e vegeto e fu lui a decidere che in chiesa, oltre all'organista, ci volesse anche un violinista per suonare l'*Ave Maria* di Gounod.

«Perché solo un violinista? Prendiamo l'intera orchestra della Scala», lo provocò lo zio Giovanni.

«Appunto! Tant, i danée a piöven giò dal plafùn», sbottò il nonno, guardando il figlio prediletto con aria minacciosa.

Le spese per quella celebrazione stavano lievitando pericolosamente.

«Se po no fà una scarpa e una sciavàtta», osservò la nonna.

«Con una chiesa piena di fiori, il violinista ci sta bene», aggiunse la mamma. «Prendiamo quello che ha suonato l'*Ave Maria* anche al mio matrimonio».

Le due, che passavano i loro giorni a scannarsi, sapevano solidarizzare quando dovevano affrontare gli uomini.

Dopo aver lanciato la patata bollente, lo zio Gino batté in ritirata con il mio papà, lasciando il nonno e lo zio Giovanni a litigare con la mamma e la nonna.

Alla fine prevalse la volontà delle donne: il maestro Brendolan si offrì spontaneamente di accompagnare l'organista e non volle essere pagato, perché quello era il suo regalo ai nonni.

Fu una grande festa e non capii perché, durante la funzione, sia i nonni sia i loro figli piangessero. Io non piansi, ma faticai a trattenere qualche smorfia di dolore. Avevo mangiato di straforo una quantità enorme di confetti che stavano cominciando a darsi battaglia nel mio intestino. Tacqui, sentendomi responsabile del malanno, ma durante il pranzo commisi l'imprudenza di lamentarmi per il mal di pancia. La nonna e la mamma abbandonarono cibo e libagioni, mi trascinarono sul letto e si prepararono a infliggermi la tortura del clistere.

Ripensando a quel giorno, qualche volta mi sono domandata se, durante la solenne funzione per rinnovare il loro voto di fedeltà, la mente dei nonni fosse volata ai loro anni verdi, quando erano giovani, belli e innamorati. Raramente li avevo sentiti parlare del loro amore. In chiesa, però, i nonni erano mano nella mano e, quando il parroco li invitò a scambiarsi un bacio, il nonno, con gesto delicato, sollevò la veletta che copriva il viso di sua moglie, le fece una carezza e le sfiorò la guancia con le labbra. Lei sorrise compiaciuta, sotto lo sguardo benevolo, quasi fraterno, di don

Giuseppe, che era anziano come loro e forse si stava chiedendo chi, tra lui e i nonni, avesse meglio speso la propria vita: quell'anziana coppia che continuava ad accapigliarsi, ma anche a farsi compagnia, o lui che, pur essendo il pastore di un vasto gregge, si sentiva spesso solo.

Non tutti gli uomini sono cretini

Da quel che avevo capito, né la mamma né la nonna nutrivano una stima eccessiva per gli uomini. Si limitavano a considerarli "un male necessario" e non perdevano occasione per prendere le distanze da loro.

Per esempio, il pomeriggio, sia d'estate sia d'inverno, tutte e due si chiudevano nelle loro camere e si infilavano nel letto per quella che a Roma chiamano la "pennichella" e a Milano il "visurìn", termine di cui non conosco l'etimologia, ma che mi sembra abbastanza civettuolo per indicare il sonnellino.

Da loro ho ereditato il piacere del visurìn e, da sempre, gli amici e i parenti sanno che non devono disturbarmi dall'una alle tre del pomeriggio.

Al papà e al nonno era vietato spartire il letto con le consorti per il visurìn. I poverini rimanevano in cucina o in saletta, posavano i gomiti sul tavolo, reclinavano il capo sulle braccia e si addormentavano.

Una volta domandai alla mamma: «Perché il papà, che è tanto stanco, non può riposarsi sul lettone?».

«Perché me lo sciupa e io dopo dovrei rifarlo», fu la risposta.

Quel giorno imparai che gli uomini sciupano il letto.

Gli adulti, a differenza di me che venivo messa a mollo tutti i giorni, facevano il bagno soltanto il sabato. L'acqua calda aveva un costo e non la si sprecava inutilmente. Così, ogni sabato mattina, dopo che la mamma aveva fatto il bagno, il papà si lavava nella sua stessa acqua.

«Mamma, perché il papà deve lavarsi nella tua acqua?», mi informai.

«Perché io sono pulita e lui è più sporco di me».

Quel giorno imparai che le donne sono pulite e gli uomini sono sporchi.

Una volta, a pranzo, la nonna cucinò uno dei suoi piatti forti, il risotto con il pomodoro, che io chiamavo riso rosso. Lo aveva cucinato come piaceva a me, lasciando che sul fondo del tegame si formasse una crosticina croccante che io poi staccavo pezzo a pezzo e sgranocchiavo con somma beatitudine.

Era estate, faceva caldo e nella terrina era avanzato un bel po' di risotto che la nonna coprì con un piatto e ripose sulla mensola accanto alla ghiacciaia, con l'idea di cucinarlo al salto per cena. La sera, nello scoperchiare la terrina, la nonna e io ci accorgemmo che la superficie del riso avanzato era coperta di formiche e inorridimmo entrambe. Immaginai che il piatto sarebbe andato dritto dritto nella spazzatura, invece la nonna raschiò via le formiche e mi ordinò di tirar fuori la padella di ferro.

«Ma io non lo mangio! Che schifo!», sbottai. Anche perché avevo visto che non tutte le formiche erano state eliminate.

«Nemmeno io. Ma tuo nonno sì», disse lei.

«Perché deve mangiare una cosa così disgustosa?», mi indignai.

«Perché gli uomini non hanno il palato raffinato delle donne. Non se ne accorgerà neppure», tagliò corto lei.

Quel giorno imparai che agli uomini puoi dar da mangiare qualunque schifezza, perché non se ne accorgono.

Il mercoledì era giorno di mercato e a me piaceva aggirarmi con la nonna tra le bancarelle che vendevano di tutto, non solo frutta e verdura, ma anche stoffe colorate, terraglie per la tavola, statuine di gesso, sandali e zoccoli. Un giorno, nei pressi della venditrice di frittelle, incontrammo una giovane donna con un occhio nero che salutò la nonna e si mise a parlare fitto fitto con lei. Per distrarmi, la nonna mi offrì una frittella che io centellinai, inebriata dal profumo sublime di fritto e vaniglia proveniente dal padellone d'olio bollente. Avrei voluto farmi una scorpacciata di quella pigna dorata e croccante che la venditrice stava ammonticchiando sulla carta gialla assorbente, ma la nonna mi strappò dal mio sogno a occhi aperti:

«Andiamo che è tardi».

La seguii senza protestare e domandai: «Perché quella signora aveva un occhio nero?».

«Perché el so omm l'ha pestàda», rispose la nonna e mi spiegò che la donna aveva ingenuamente riferito al marito d'aver ricevuto un sacco di complimenti da un vicino di casa e l'aveva rimproverato perché lui invece aveva smesso da un pezzo di farglieli. Sul momento l'uomo aveva taciuto, ma il giorno dopo le aveva fatto un occhio nero.

«Mai raccontare tutto agli uomini, perché quelli hanno i denti dei cani: se non mordono oggi, morderanno domani», sentenziò la nonna.

Quella volta imparai che certe cose vanno taciute, perché gli uomini temono il confronto e, se si sentono sminuiti, ti azzannano.

Ogni tanto veniva a farci visita la zia Ernestina, una cugina del nonno. Era quasi coetanea della nonna ma, a differenza di lei, vestiva come un "figurino di Parigi". Lei e suo marito avevano insegnato in una scuola elementare di Città Studi. Appena andati in pensione, lei era rimasta vedova. Un giorno ci raccontò che le era piombato in casa, quasi di prepotenza, il marito della sua più cara amica, con il pretesto di volerle prestare un libro da leggere. Subito aveva allungato le mani dicendole: «Come sei bella, Ernestina!».

Sul momento lei non aveva saputo se mettersi a ridere o arrabbiarsi. «Capirete», spiegò alla mamma e alla nonna, «che alla nostra età certe cose sono di pessimo gusto».

Poi l'uomo le aveva raccontato che tra lui e sua moglie, ormai da anni, non c'erano più rapporti, perché lei «aveva abbassato la saracinesca della bottega».

«Ma io sono ancora uomo, ho ancora dei desideri e sono da sempre innamorato di te, e poiché tu sei vedova...», le aveva detto, aspettandosi un consenso.

«Mi ha fatto schifo», disse la zia Ernestina. «Mi sono sentita oltraggiata da quel cretino che, oltretutto, è un meschino baciapile. Ho messo in discussione l'intelligenza della mia amica che, da sempre, sa d'avere in casa un perfetto imbecille e fa finta di niente. Ma fintanto che faceva il cretino con le altre, erano fatti loro. La cosa grave è che lo ha fatto con me, l'amica più cara di sua moglie. L'ho messo alla porta e spero di non vederlo mai più».

Di quel racconto non avevo capito alcune cose, così aspettai il seguito.

«Glielo hai poi detto a sua moglie?», domandò la mamma alla zia Ernestina.

«Perché? Che io parli o taccia, ho comunque perso un'amica».

«Per colpa di un cretino», puntualizzò la mamma.

«Gli uomini sono tutti cretini», sintetizzò la nonna.

A quel punto avevo imparato che gli uomini fanno disordine in casa, sono sporchi, mangiano qualunque schifezza trovandola buona, sono maneschi e anche cretini.

La definizione "cretini" tuttavia mi indusse a riflettere sulle figure maschili della mia famiglia. Non capivo come un giudizio del genere potesse riguardare loro. Lo dissi alla mamma.

«Smettila di ascoltare i discorsi dei grandi», mi rispose irritata. «Tuo padre, il nonno e gli zii sono uomini seri, ma altri, la maggioranza, sono dei cretini viziosi».

Crescendo ho incontrato molti uomini e, forse perché sono stata fortunata, raramente sono incappata in un cretino vizioso. Non ho cambiato la mia stima per l'altra metà del cielo neppure quando, in anni recenti, è accaduto anche a me un episodio simile a quello raccontato decenni fa dalla zia Ernestina. Mi sono sentita profondamente offesa e da quel giorno, come lei, ho evitato con cura ogni occasione di rivedere sia lui sia la mia amica carissima.

La cà di pütàn

Imparai ad andare in bicicletta quando ancora non sapevo né leggere né scrivere, anche se all'inizio mi piaceva soltanto quando mi piazzavano sul sedile posteriore del tandem dei miei genitori e a pedalare era il papà.

Il papà e la mamma avevano anche le loro biciclette personali e, nelle domeniche d'estate, capitava che tutta la famiglia andasse fino al Parco Lambro. Ognuno aveva un cestino davanti al manubrio. In uno c'era la colazione al sacco con il termos delle bevande, nell'altro le coperte per sedere sull'erba e, in un altro ancora, la tovaglia, i tovaglioli, i piatti e i bicchieri di alluminio a cannocchiale. Il mio papà aveva invece un piccolo sedile di corda intrecciata dove sedevo io. La mamma, che era una ciclista inaffidabile, non trasportava niente e si considerava fortunata se rincasava senza un gomito o un ginocchio sbucciati. Forse perché ci vedeva poco, stava sempre con la sua ruota anteriore incollata a quella posteriore del papà. Ogni tanto sbandava comunque e suo fratello Giovanni si divertiva alle sue spalle gridandole: «Stai attenta che cadi!».

Bastava quello perché lei finisse lunga distesa per terra.

Il papà andava a soccorrerla e si arrabbiava:

«Sei proprio scema! Quello ti dice che stai cadendo e tu cadi subito come un salame!». Poi si rivolgeva al cognato e gli urlava: «Can de l'òstrega, mùchela de fala stremì!».

"Can de l'òstrega" era una brutta bestemmia camuffata. La mamma avvampava per la vergogna di essere caduta e per l'improperio blasfemo.

Poi, la pace del luogo, il gorgoglìo della roggia, il fruscìo pastoso dell'acqua che scorreva nel fiume, il concerto delle cicale, la distesa degli alberi solenni quietavano gli animi.

Quelle colazioni al sacco mi piacevano perché mi offrivano una parvenza d'avventura che interrompeva la monotonia quotidiana.

Poi dovetti imparare a pedalare per conto mio.

Una mattina, uscendo in cortile, trovai una piccola Velox, regalo di papà. Veramente non era tanto piccola ma, dovendo durare alcuni anni, papà aveva fatto mettere sui pedali dei mattoncini di legno, così che le mie gambette potessero flettersi e allungarsi senza perdere la presa. Aveva anche fatto mettere due rotelline ai lati della ruota posteriore, da tenere fino a quando avessi imparato a rimanere in equilibrio.

«Questa è la Rolls-Royce delle biciclette», mi disse.

Subito presi a scorrazzare per la via, osservata con invidia dagli altri bambini che, privi di bicicletta, si accontentavano di rincorrere il cerchione arrugginito di una ruota tenendolo ritto con un bastone.

Non ci volle molto perché mi venissero tolte le rotelle e allora io affiancavo il signor Sironi, un omone baffuto, padre di tre figlie già grandi, che andava in giro con una bicicletta a tre ruote. Pedalava lento e impettito come un sovrano sul trono.

«Signor Sironi», gli domandavo ogni volta sorpassandolo, «perché non impara ad andare in bicicletta?».

«Fatti gli affari tuoi», era invariabilmente la sua risposta.

Il signor Sironi era vedovo e le sue tre figlie erano cresciute alla meglio senza la madre. Rosse di capelli e piene di lentiggini, erano vivaci, allegre e litigiose. La sera, in estate, sedevano sulla porta di casa a prendere il fresco e a far salotto con altre ragazze e qualche giovanotto.

La mamma diceva di loro: «Poverine, sono cresciute senza la guida di una madre e finiranno male».

Invece, tutte e tre maestre elementari, finirono benissimo, anche quella che ebbe un figlio senza avere marito. Il bambino era bellissimo e lo amavano tutti.

Comunque, ci fu la sera dello scandalo.

Le tre sorelle sedevano sulla soglia di casa e una di loro disse a un'altra: «Ho appena scoperto che l'altro giorno ti sei messa il mio vestito di seta per uscire».

«Capirai, neanche ti avessi schiacciato un callo. Il

tuo vestito è nell'armadio, pulito e profumato come prima», rispose l'interpellata.

«Tu devi smetterla di prendere la mia roba come se fosse tua!».

«Ma a me non importa niente se prendi la mia roba».

«A me la tua roba non interessa!».

Ne nacque una lite furibonda, che si sentì in tutta la strada.

La ladra di vestiti, a quel punto, era così fuori di sé che si levò l'abito che indossava e lo scagliò addosso alla sorella: «Prenditi il mio e piantala!», urlò. E rimase in sottoveste.

In quel momento si fece avanti un passante di una certa età, molto timido e un po' impacciato, che domandò sottovoce:

«Che me scüsen. L'è questa qui la cà di pütàn?».

Sembra che nella zona ci fosse una casa ospitale per uomini non più tanto giovani che non osavano frequentare i bordelli legalizzati.

Scoppiò il pandemonio. Le sorelle presero a urlare e a inveire contro il poveretto che si affrettò ad allontanarsi, bersagliato dalle ingiurie e dai sandali lanciatigli dietro da tutte e tre.

«So faa di mal? Ho dumandàa e me sunt sbagliàa», ripeteva lui, già lontano.

La storia fece il giro del quartiere e, da quella sera, le tre sorelle continuarono a fare salotto, non più sulla strada, ma nel loro giardino.

La nonna e la mamma, severe fustigatrici di "questa

modernità senza morale", per una volta si ritrovarono d'accordo nel dire che bene aveva fatto il vecchio signor Sironi, finalmente, a tenere le figlie dentro casa.

Le due "sante donne", tanto amanti della rispettabilità, non immaginavano che di lì a poco avrebbero rischiato una denuncia per calunnia e anche qualcosa d'altro.

Accadde che una sera, tornando dai vespri, videro un ragazzo e una ragazza che si baciavano, quasi di fronte a casa nostra, al riparo di un folto sambuco.

Si fermarono vicino ai due innamorati e una delle due, non so se la mamma o la nonna, con tono indignato, deplorò a voce alta: «Non c'è più moralità! Vergognatevi per lo spettacolo indecoroso che offrite al mondo e per i peccati di lussuria che andate compiendo!».

I due, avvolti nel loro mondo dei sogni, ci misero qualche istante per rendersi conto di essere l'oggetto di quell'invettiva fuori luogo.

Poi mamma e nonna rientrarono in casa. La prima si mise ai fornelli per preparare la cena e la seconda sedette a sferruzzare accanto alla finestra.

Suonarono alla porta. Era la coppia di fidanzati che io conoscevo di vista perché ogni sera passeggiavano avanti e indietro per la nostra via. Mi chiesero di parlare con le donne di casa e io, ignara dell'antefatto, non esitai ad accompagnarli in cucina. Poi sedetti di nuovo al tavolo, presagendo che quella visita inaspettata avrebbe creato un diversivo interessante.

Lessi la sorpresa e un briciolo di sgomento negli

sguardi della mamma e della nonna che, fino a un istante prima, avevano spettegolato proprio su quella coppia.

Il ragazzo si presentò. Aveva un'aria grave, resa minacciosa dall'eloquio pacato. Disse il suo nome e quello della sua innamorata. Specificò che entrambi lavoravano, lui in fabbrica come tornitore e lei come impiegata in un'officina alle spalle di casa nostra. Alzò una mano della morosa per mostrare l'anello di fidanzamento all'anulare. Aggiunse che, due settimane dopo, sarebbero diventati marito e moglie. Riuscivano a vedersi solo per pochi minuti alla sera, quando lui passava a prenderla in ufficio per riportarla a casa dove lei si accollava fino a notte un lavoro a cottimo per pagare i debiti del nuovo alloggio mentre lui, per la stessa ragione, svolgeva un'attività serale di elettricista.

«Perché ci avete accusato d'aver offerto uno spettacolo indecoroso? Di quali peccati di lussuria siamo colpevoli?», domandò il giovanotto con tono severo.

Le due donne tacevano imbarazzate.

«Ora, o voi chiedete subito scusa a me e alla mia futura moglie, o io vado dai carabinieri e vi denuncio per calunnia», concluse.

Finì che ricevettero da noi un regalo di nozze: un servizio di bicchierini da liquore con l'orlo dorato. Ma prima le due donne di casa dovettero vergognarsi e profondersi in scuse, sfoderando una contrizione forse non del tutto sentita.

Il Pèrsil lava più bianco

Con la fine della guerra, le strade del mio quartiere, che fin lì erano state silenziose e quasi deserte, ripresero vita.

Dal nulla, spuntarono venditori e compratori di ogni cosa.

C'erano i "magliari" che andavano di casa in casa, solitamente in coppia, a vendere tessuti, decantandone i pregi e la convenienza. Per dimostrare che una stoffa era di lana buona, ne strappavano un filo e lo mettevano sotto la fiamma di uno zolfanello. Se, bruciando, il filo sprigionava un odore disgustoso, la qualità era garantita.

«El sa de ungia», osservava la nonna.

Se non sbaglio, credo che la lana bruciata diffondesse lo stesso odore delle zampe di pollo quando venivano abbrustolite sul fuoco per essere spellate.

Dal Friuli arrivavano donne che, con enormi fagotti di tela portati a spalla, bussavano a tutte le porte per vendere pantofole e ciabatte con la suola di canapa intrecciata.

Altre venivano dal Lodigiano con grosse valigie di fibra piene di burro e formaggio. Una volta la mamma comperò da loro del burro e me ne diede un assaggio a merenda, spalmandolo sul pane con lo zucchero. Sapeva di grasso animale, invece che di buona panna. Fedele al principio secondo il quale nulla si butta, la mamma lo usò per ungere le tomaie degli scarponi invernali del papà.

Poi comparve il Luisìn. Era un omino esile, che indossava un camice di fustagno marrone, pedalava a fatica su un grosso triciclo dotato, sul davanti, di un ampio cassone di legno. Al grido «Saponi, saponette, candeggina, sali da bagno, mollette per la biancheria», avvertiva del suo passaggio gli abitanti di ogni villetta e caseggiato. Pubblicizzandolo come una scoperta rivoluzionaria che veniva dall'America, vendeva anche un detersivo in polvere per il bucato: il Pèrsil. La mamma ne comperò una scatola e, assistita dalla nonna e da me, versò un poco di polvere nella grande conca di zinco in cui sarebbero stati immersi i panni da lavare. Dopo l'aggiunta dell'acqua calda, che agitammo ben bene con le mani, come da istruzioni, si formò una bella schiuma bianca e profumata che non accennava a sgonfiarsi. Alcune vicine di casa vennero invitate ad assistere al fenomeno.

«Sarà poi vero che non c'è più bisogno di sbattere e fregare i panni sull'asse perché si sbianchino?», dubitò la nonna, cui il Luisìn aveva assicurato che il bucato, lasciato a bagno nel Pèrsil tutta la notte, il mattino dopo sarebbe venuto fuori candido come la neve.

«Niente più sapone né lisciva. Inscì l'ha dit el Luisìn».

Le donne erano propense a dargli credito perché quell'ometto, che era tornato dalla campagna di Russia con i piedi congelati, e che anche d'estate calzava pesanti pantofole di feltro, era benvoluto da tutti. Nel quartiere le massaie acquistavano i prodotti per la casa da lui, piuttosto che dal droghiere, perché aveva anche una nidiata di figli da crescere.

Se la mamma gli chiedeva: «Luisìn, è possibile avere un battipanni, uno zerbino di cocco, un mastelletto di legno?», lui glieli procurava velocemente assicurando: «Niente è impossibile per il Luisìn. Sono scampato a quella carneficina che è stata la guerra di Russia, con l'idea di aprire una bottega per far contente le mie donne, e vuole che faccia scontenta questa bella sposa? La prossima settimana le porto il battipanni più robusto che abbia mai visto».

Quel battipanni ora ce l'ho io e, qualche volta, ci batto i tappeti appesi a una corda tirata nel cortile di casa.

C'era poi un uomo che girava in bicicletta con una cassetta degli attrezzi e gridava a gran voce: «Ombrelée! Ombrellaio! Aggiusto gli ombrelli, cambio le stecche, sostituisco i manici!».

A quei tempi, un ombrello non costava pochi euro come oggi. Si stava attenti a non perderlo, a non farselo rubare e, quando si rompeva, lo si faceva riparare.

E così era per le scarpe, che venivano risuolate fintanto che reggeva la tomaia. E la tomaia reggeva a lungo se veniva regolarmente nutrita e lucidata con il Brill, una pasta morbida venduta dentro una scatoletta tonda di metallo con l'apertura a farfalla.

Sempre a bordo di un triciclo, nel quartiere transitava anche lo straccivendolo: «Strascée! Stracciaio! Compro stracci, bottiglie e statue di gesso!».

Le donne scendevano in strada e gli consegnavano fagotti di indumenti consunti, canovacci e asciugamani lisi, lenzuola stremate dai troppi rammendi. Lui pesava e pagava, così come pagava le bottiglie, i soprammobili di gesso raffiguranti cani o altri animali, damigelle in abiti antichi, e anche santi e Madonne. Alcuni di questi oggetti sembravano in ottimo stato e la mamma diceva che la gente li vendeva perché il gesso porta male.

Lo straccivendolo comperava anche posate di alpacca, piatti di porcellana spaiati, vecchi tavolini e altre suppellettili. Un giorno mise su un negozio di rigattiere e, quando venne di moda il modernariato, sostituì l'insegna con la scritta "antiquario" e si arricchì.

C'erano ambulanti che acquistavano ottone, rame, ferro e piombo. Sembrava che la gente avesse una gran voglia di liberare la casa dai segni di un passato doloroso in vista di un futuro sfolgorante.

Con l'arrivo dell'autunno, arrivava in città anche il venditore di patate. Si presentava alla prime luci dell'alba urlando: «I pomm de tèra, i pomm de tèra, i pomm de teeeera!».

Il nonno, appena sentiva il suo grido, si levava di scatto dal letto, si infilava i pantaloni, recuperava il portafoglio da sotto il cuscino e si precipitava sulla via. La nonna, che era rimasta sotto le coltri, lo sentiva discutere per spuntare il prezzo migliore. Io guardavo dalla finestra quel grande carro di legno stipato di sacchi di patate e pensavo a tutte le crocchette sapide e profumate che la nonna avrebbe cucinato. Il nonno, alla fine, spalancava la porta della cantina per far depositare nella dispensa sotterranea i numerosi sacchi che sarebbero dovuti bastare per tutto l'inverno. Poi tornava a infilarsi nel letto e iniziava la discussione con la nonna.

«Chissà che cosa non faresti per risparmiare!», sbottava lei, avendo saputo da me che il nonno aveva acquistato cinque sacchi di patate.

«Te me càvet el fiàa! Avremo patate fino a primavera», replicava il nonno.

«Per allora non saranno buone neppure per i maiali. Metteranno fuori i getti e ci andrai tu in cantina a levarli, un giorno sì e un giorno no. Tutto per risparmiare cinque lire».

«Mùchela de rùmpem i ball, brüta stria!», sibilava lui, e riacciuffava il sonno interrotto.

Io sapevo che, dall'indomani, sarebbe iniziata la dieta delle patate e ne ero felice.

Un giorno, nella nostra via, transitò un gregge di

pecore e capre, tenute in riga da due cani e due pastori. Furono i loro belati a preannunciarne il passaggio.

La mamma afferrò un grosso tegame di smalto e corse fuori a comperare il latte di capra: «Questo fa bene. È migliore del latte di mucca», disse soddisfatta, pescandone un mestolo e porgendomelo da bere.

Era ancora tiepido e io feci le boccacce perché non mi piaceva.

«Avresti bisogno di un po' di miseria», sbottò la mamma. «Allora non avresti tante fisime».

Il giorno che sul tetto di casa si posarono due piccioni, la mamma dichiarò che la miseria era finita. Durante il conflitto i piccioni erano spariti dalla città perché non c'era niente da mangiare per nessuno e quindi neppure per loro. Senza contare che i ragazzini erano abilissimi a stecchirli a colpi di fionda per portarli subito a casa dove finivano in padella.

La mamma, che da ragazzina era stata nel ristorante dello zio Peppino per imparare a cucinare, aveva sempre detto che il piccione era un cibo da re. Ma una volta che un'amica le offrì mezzo piccione lardellato e arrostito, lei lo rifiutò dicendo: «Queste bestiacce scagazzone e piene di zecche mi fanno schifo».

I due piccioni sul tetto di casa vennero presto raggiunti da numerosi compagni che il nonno metteva in fuga facendo chiasso con due coperchi. Per tenere lontane quelle "bestiacce scagazzone", un giorno innalzò con il mio aiuto uno spaventapasseri al centro del giardino.

Era la fine degli anni quaranta e il nostro Paese cominciava a risorgere dalle macerie della guerra.

Il Pisciasottile

«Domani mattina alle nove verrà officiata la messa funebre per l'anima di Anacleto Cremonesi che voi donne avete ben conosciuto», disse un giorno il parroco a conclusione della funzione domenicale.

Le interpellate si scambiarono sguardi smarriti, non avendo capito di chi si stesse parlando.

Allora don Giuseppe sbuffò e aggiunse:

«Mi riferisco al Pisciasottile, il marito della Santificétur, che è morto ieri sera».

Ci fu un mormorio mesto tra i banchi della chiesa, perché tutte sapevano chi era il Pisciasottile, anche se ignoravano il suo vero nome. Si trattava del venditore di cibi cotti che, poco dopo la fine della guerra, aveva aperto un bugigattolo su via Padova e, con la moglie, cucinava e vendeva a prezzi stracciati alici e merluzzo fritti, castagnaccio, polenta cunscia, borlotti con il lardo e salsiccia arrosto.

I coniugi Cremonesi erano due esserini che sembravano sempre sul punto di esalare l'ultimo respiro, ma questo non impedì che la donna partorisse un bambino di quasi cinque chili.

«La mia signora si è lacerata per espellere questo colosso. Ora, con lei, dovrò usare mille cautele perché la poverina non potrà affrontare altre gravidanze», raccontò alla mamma, parlando in punta di forchetta, mentre le avvolgeva due etti di alici fritte dentro la pesante carta gialla. A casa, mentre eravamo a tavola a piluccare le alici, la mamma riferì quelle parole e, con una risata, concluse:

«Mai avrei creduto che quel pisciasottile fosse un gallo insaziabile con quella santificétur di moglie».

Avevo capito pochissimo delle parole della mamma, ma "pisciasottile" descriveva perfettamente quell'ometto simile a un fringuello che parlava come un libro stampato. Nebbia assoluta, invece, su quel "santificétur" riferito alla moglie. Più avanti lo collegai alle parole del *Padre nostro*, "sanctificetur nomen tuum", e ne dedussi che anche questo soprannome calzava a pennello alla moglie del Pisciasottile che aveva la bottega piena di immaginette di santi e Madonne cui implorare grazie varie.

Molti abitanti del quartiere, dove tutti conoscevano tutti, avevano un soprannome che li identificava meglio dei loro veri nomi, spesso ignorati. Quelli più azzeccati, e quindi subito diffusi, erano elaborati dalla mamma che, in questo senso, aveva un talento naturale.

Così aveva battezzato con il nomignolo di Lizabellita-bettèu una signora che aveva avuto la malaugurata idea di dirle, vantandosene: «Forse non sono bella come lei, ma ho gli stessi occhi della Elizabeth Taylor. Me lo dicono tutti».

C'era poi una donna che piangeva spesso perché il marito non la lasciava mai in pace: «Mi tocca subirlo tutte le notti. Perfino quando ho le mie cose. Una volta o l'altra mi ammazzo». La mamma l'aveva soprannominata "Santamariagoretti".

"Madame Pompadùr" era invece una sorella della nonna che si chiamava Erminia e che sosteneva di avere nobili ascendenti: «Io sento che nelle mie vene scorre sangue blu», diceva spesso. In famiglia si mormorava che da giovane fosse stata una dissoluta. «Stava sempre lì a lavarsi le vergogne, proprio come una puttana», sostenevano la nonna e un'altra sorella. La Pompadùr aveva poi accalappiato lo zio Nello, un geometra del Comune, e si dava arie da gran dama con le mogli dei colleghi del marito. Quando veniva a farci visita era sempre vestita elegante: nastrino di velluto nero con cammeo attorno al collo, guanti di pelle o di pizzo secondo la stagione, e bastone da passeggio con il manico d'argento a forma di testa di cane. Si presentava immancabilmente a mani vuote e se ne andava carica di fiori colti nel nostro giardino. Una volta che la mamma aveva cotto un arrosto di vitello lei disse che sprigionava «un profumo celestiale».

«Ne vuoi un po'?», le chiese allora la mamma. «Grazie, sì», fu l'immediata risposta.

Quando se ne andò, la nonna sgridò mia madre aspramente: «Che bisogno avevi di darle la metà del nostro arrosto, con tutta la spesa gratis che suo marito le porta a casa dal Comune?».

«E tu, che bisogno hai di riempirla di fiori quando lei arriva sempre a mani vuote?».

«Le mie sorelle sono nate "rodolfe". Non ne hanno colpa», tagliò corto la nonna.

In famiglia veniva definito "rodolfo" chiunque ottenesse qualcosa senza chiederla e non perdesse occasione per scroccare un pranzo, uno spettacolo, una vacanza. Il papà si vantava di non aver mai scroccato niente a nessuno. Credo che "rodolfo" nascesse da una diceria legata al nome di Rodolfo Valentino che pare si facesse mantenere da donne facoltose.

Comunque, Rodolfo era anche il nome con cui la mamma ribattezzò un suo giovane cugino che si chiamava Ginetto. Avrebbe potuto trovargli un altro soprannome, più rappresentativo della sua persona, in quanto Ginetto non aveva nulla di maschile, tranne i pantaloni e, talvolta, la cravatta. Per il resto aveva una voce chioccia da donna rauca e movenze marcatamente femminili. Sapeva cucinare, ricamare e dipingere su ceramica. Portava unghie curatissime smaltate di rosa e spettegolava come una donnetta. Viveva con la madre in un paese vicino a Bergamo e sosteneva di frequentare la facoltà di Farmacia a Pavia. Noi però non l'avevamo mai visto con un libro in mano. Questo Rodolfo si presentava spesso a casa nostra sul far del mezzogiorno. Entrava in cucina, scoperchiava le pentole per curiosare quello che passava il convento, offriva suggerimenti sull'impiego di erbe o spezie. Spesso ci parlava con sguardo languido di un suo compagno di studi. In famiglia non sentii mai una parola a proposito della sua sessualità. Soltanto una volta, quando i miei erano già anziani, e Ginetto non ci frequentava più da anni, un altro cugino disse: «Lo sapete che Ginetto si sposa?». «Con un camionista o un muratore?», era stata l'unica domanda del papà.

A me Ginetto era simpatico e, per quanto mi riguardava, poteva venire a scrocco tutte le volte che voleva. Mi insegnava a disegnare le "greche" sui quaderni di scuola e appresi da lui, prima che dalla mia maestra, i rudimenti dell'analisi grammaticale.

Una volta la mamma decise di fargli uno scherzo. Mi raggiunse in cucina e mi sussurrò: «È arrivato il Rodolfo. Adesso spengo il fornello e nascondo i tegami. Tu non fare la rana dalla bocca larga e assecondami».

Ero eccitata al pensiero che la mamma chiedesse la mia complicità, anche se non sapevo bene per che cosa.

Dopo essersi intrattenuto con la nonna per una buona mezz'ora, Ginetto entrò in cucina con il suo passo saltellante da cavalletta, accompagnato da un effluvio di lavanda Felce Azzurra.

«Che cosa cucinate oggi di buono?», domandò.

«Oggi andiamo in trattoria», rispose la mamma.

«Oh tusa, ma te set matta? Te le set no che el risturànt el custa?».

«El so sì, ma el custa anca el mangià che cüsini tütt i dì».

Io spostavo lo sguardo dall'una all'altro, pregustandomi l'evolversi di quelle prime battute.

«Vengono anche gli zii e tuo fratello?», indagò nella speranza che i nonni e lo zio Giovanni pranzassero a casa.

La mamma annuì.

«Alùra, mi vo via», disse lui di malavoglia, avendo capito che non sarebbe stato invitato.

La mamma sbottò in una risata e mi disse:

«Rimetti le pentole sul fuoco».

Rise anche il Rodolfo: «Oh tusa, te me faa ciapà un stremìssi».

Chiacchierando come una vecchia comare, aspettò tranquillamente che tutti rincasassero per mettersi a tavola con noi.

Martin Eden

Era l'inizio di giugno e io stavo per concludere la quinta elementare. Tutte le mie compagne di classe sarebbero passate, senza sostenere un esame supplementare, ai tre anni di avviamento al lavoro. Io invece dovevo prepararmi all'esame per accedere alla scuola media, visto che il papà aveva deciso che avrei continuato gli studi. Le prove di ammissione alle medie erano piuttosto impegnative e io avevo un po' di timore a doverle affrontare da sola, in una scuola nuova, la "Quintino di Vona", con dei professori, non dei maestri.

Ero in cortile, sotto il glicine che andava sfiorendo ma ancora elargiva il suo profumo, e mandavo a memoria una delle dieci poesie da presentare all'ammissione: «I cipressi che a Bolgheri alti e schietti van da San Guido in duplice filar...».

La maestra ce l'aveva letta qualche giorno prima e poi ci aveva domandato che cosa ci avesse colpito di questa poesia.

Io dissi: «Le parole».

«Quali parole?», domandò.

«Tante», risposi dubbiosa, colta dal sospetto che lei alludesse al senso dei versi e non alle parole vere e proprie.

Risposi in fretta, leggendo: «Alti e schietti, dubitanti vertici, gentil pietade, il vento che rapisce degli uomini il sospir».

«Fermati», ordinò lei. «Perché ti colpiscono queste parole?».

Sentii le risatine sommesse delle compagne e, come sempre, arrossii, convinta d'aver detto un'asinata.

«Perché mi sembrano belle e a me non vengono mai in mente quando scrivo», risposi titubante. «E poi non sapevo che il vento potesse rapire i sospiri e vorrei sapere dove li porta».

A quel punto, le mie compagne stavano sghignazzando senza ritegno e io mi sarei sprofondata dalla vergogna.

«Tacete, oche!», tuonò l'insegnante. «Voi imparate i versi a memoria come pappagalli. La vostra compagna, invece, ne coglie la bellezza e si pone delle domande».

Allora calò il silenzio e io desiderai scomparire del tutto, per aver messo a nudo, senza volerlo, i miei pensieri più intimi.

La maestra si rivolse di nuovo a me: «A te certi vocaboli non possono venire in mente, perché non sei un poeta. Devi imparare ancora molte cose. Quanto ai sospiri, solo un poeta può immaginare che vengano rapiti dal vento. Dove li porta è un problema che non lo riguarda. Casomai riguarda uno scrittore, che ha invece il dovere di spiegare tutto».

Quella mattina, per la prima volta, formulai un proposito: avrei fatto la scrittrice, perché volevo una spiegazione per ogni cosa. Ma questo proposito lo tenni per me.

Ora, mentre andavo ripetendo la poesia del Carducci, dondolandomi sulla sedia, mi resi conto che recitavo quei versi come se li stessi masticando per assaporarli meglio. Il suono ripetitivo della mia voce dovette avere un effetto soporifero sulla nonna, seduta lì accanto a sferruzzare, perché poco dopo si addormentò.

Di tanto in tanto osservavo il mio fratellino, nato durante l'inverno, che dormiva sereno dentro un cesto posato sul tavolo di ferro, il ciuccio abbandonato sul cuscino.

Nutrivo per lui una tenerezza identica a quella per il mio Micio, che detestavo solamente quando mi rubava la merenda.

A dir la verità detestavo anche il mio fratellino quando cominciava a berciare trattenendo il respiro fino a diventare blu.

E fu proprio questo che fece quel giorno, mentre lo stavo osservando. Aprì gli occhi, agitò braccia e gambe e prese a strillare.

La mamma, che era in cucina a stirare, mi ordinò

di occuparmi di lui: «Ninnalo un po', perché non è ancora il momento della sua poppata».

Io non avevo nessuna voglia di prenderlo in braccio, perché sapevo che era bagnato e l'odore pungente della sua pipì non mi piaceva.

A quell'epoca non esistevano i pannolini usa e getta. C'era invece tutta una serie di ciripì e ciripà, che la mamma chiamava "pattelli", che dovevano essere continuamente lavati, stesi ad asciugare e stirati per renderli più morbidi.

«Prendilo tu. Io devo studiare», dissi, entrando in casa. La nonna si svegliò e si prese cura di lui, senza riuscire a farlo smettere di piangere.

«Devo proprio mollare lo stiro e dargli da mangiare», si rassegnò la mamma. Portò in casa il mio fratellino, sedette sotto la finestra dandomi le spalle e si scoprì il seno. Sentii il piccolo gorgogliare di piacere. La mamma mi dava sempre la schiena quando lo allattava, perché non stava bene che io vedessi. Mi allontanava anche quando doveva lavarlo e cambiarlo, perché «una bambina non deve mai vedere le nudità di un maschio».

L'educazione puritana impartitami aveva favorito la mia totale ignoranza per tutto ciò che atteneva al sesso. Quando, ormai ragazza, ero in grado di tradurre Tacito, di esporre le riflessioni di Platone e Plotino, di leggere Stendhal in francese, di dannarmi traducendo Chaucer, ancora ignoravo l'anatomia maschile e le dinamiche del concepimento.

La mamma, per esempio, non mi parlò mai della sua gravidanza. Io l'avevo intuita soltanto quando il suo grembo divenne evidente.

«Credo che la mia mamma aspetti un bambino», avevo confidato a una compagna di scuola.

«Come fai a saperlo?», si informò lei.

«Ha il pancione», risposi.

«Prova a domandarglielo», propose.

Io dissi di sì, ma non lo feci, perché mi vergognavo e poi conoscevo già la sua risposta: «Sono cose che non ti riguardano».

Tuttavia, il sabato seguente e per molti sabati consecutivi, accantonai qualche lira della mia mancetta settimanale perché, nella bottega del cartolaio, avevo adocchiato un sonaglio per neonati che mi piaceva. Era di celluloide e conteneva tre piccole sfere ruotanti che emettevano un bel suono. Dopo essermi informata del costo, passai ogni giorno di fronte alla cartoleria per accertarmi che non fosse stato venduto e, una volta raggiunta la somma necessaria, lo acquistai.

«Adesso ti piacciono i giochi dei marmocchi?», si informò la cartolaia.

«È un regalo per il bambino della mia mamma», spiegai. Chiusi il sonaglio nella cartella e, a casa, lo nascosi in un cassetto della mia scrivania.

«E questo cosa sarebbe?», mi affrontò qualche tempo dopo la mamma estraendolo dal cassetto.

Con un filo di voce risposi che era un dono per il bambino, quando fosse nato, mentre avvampavo per la delusione: doveva essere una sorpresa e la mamma aveva rovinato tutto.

Lei non fece commenti e ripose il sonaglio là dove lo aveva trovato.

Qualche tempo dopo, una sera in cui papà e io eravamo soli, lui prese due stuzzicadenti di legno e li spezzò, li chiuse nel pugno facendo uscire solo le punte, e sorridendo mi disse:

«Tra poco nascerà il bambino che tutti aspettiamo. Ti propongo un gioco. Hai visto che ho spezzato gli stuzzicadenti. Il più lungo sta per maschio, il più corto per femmina. Scegline uno, io prenderò l'altro e chi indovinerà riceverà un premio. Tu cosa vorresti?».

«Non mi importa se sarà un fratellino o una sorellina, ma come premio vorrei *Martin Eden*», dissi subito. Lo avevo trovato tra i suoi libri. Avevo cominciato a leggerlo, ma la mamma me lo aveva sottratto sostenendo che non era adatto a me.

«Va bene. Se vinci tu, *Martin Eden* sarà tuo. E se indovino io, che premio avrò?».

«Un bacio», risposi subito io.

«Allora vincerò io, perché ci tengo troppo ad avere un grande bacio dalla mia bambina. Forza, scegli uno stecco».

Dal suo pugno estrassi lo stuzzicadenti più corto.

«Adesso non ci rimane che aspettare», dichiarò mio padre.

Vinse lui. Lo seppi la notte in cui tornò a casa dalla clinica "Regina Elena", dove la mamma aveva partorito il mio fratellino.

Quella sera, aspettando il ritorno dei miei genitori, mi ero coricata nel loro lettone e mi ero addormentata. Fu il papà a svegliarmi infilandosi sotto le coperte.

«Hai un fratellino con la voce da tenore. Lo hanno sentito in tutto l'ospedale», annunciò felice.

Mi rizzai a sedere, credendo che ci fosse anche la mamma con il nuovo arrivato. Invece il papà mi spiegò che il piccolo Carlo, come avevano deciso di chiamarlo in ricordo del nonno paterno, sarebbe venuto a casa, con la mamma, di lì a una settimana.

«Hanno bisogno di riposarsi», mi spiegò. «E adesso voglio il mio premio perché ho vinto io».

Gli scoccai un grosso bacio sulla guancia.

«Ora dormiamo. Domani ti do *Martin Eden*», promise lui, generoso come sempre, sebbene avessi perso la scommessa.

Mi addormentai beata perché la vicinanza del mio papà mi infondeva tanta pace.

Comunque, per tornare a quel pomeriggio di inizio giugno che mi vedeva immersa nella ripetizione della poesia del Carducci, la mamma mi chiamò dalla cucina perché facessi merenda.

Aveva tagliato in due una michetta di pane e ci aveva infilato in mezzo una barretta di cioccolato Lindt. Affondai i denti in quella squisitezza mentre la osservavo stirare la sua biancheria in mussola di cotone, simile alla mia. I capi di squisita fattura in seta rosa e celeste, che aveva sempre indossato, erano spariti.

Allora le domandai:

«Perché adesso non porti più la biancheria di seta?».

«Perché ormai non ho più l'età per queste frivolezze», tagliò corto lei.

E concluse: «Tra qualche anno andremo dalla biancherista a ordinare qualche capo in seta per te».

La mamma stava invecchiando. Io stavo crescendo.

Il mio fratellino, che dormiva, si svegliò e riprese di nuovo a strillare.

«Intrattienilo tu, mentre io finisco di stirare. Fallo giocare con quel bel sonaglio che gli avevi comprato prima che nascesse», disse la mamma.

«Non lo trovo più», mentii, perché lo avevo buttato via il giorno in cui lei lo aveva trovato rovinando la mia sorpresa. Gli regalai invece il nome di Lucio, che per tutti è diventato quello vero.

La versione di Lucio

Tutti mi chiamano Lucio. Questo nuovo nome me lo ha regalato mia sorella quando avevo pochi mesi. Per l'anagrafe sono Carlo e sono nato quando lei aveva ormai dieci anni. Aggiungere un'appendice da intitolare La versione di Lucio *è stata un'idea dell'editore, desideroso di completare i ricordi d'infanzia elaborati da lei con i miei personali, magari nella speranza di trovarvi delle incongruenze.*

Comincio subito con il dire che, nei riguardi della nostra famiglia, la chiave di lettura di mia sorella coincide spesso con la mia. Esattamente come lei, anch'io ho avuto molte difficoltà a relazionarmi con quella donna misteriosa e problematica che era nostra madre. E anch'io, come lei, ho fatto più spesso affidamento sulla tenerezza di nostro padre. Ma mentre per mia sorella è stato molto importante il rapporto con la nonna Bice, per me fu fondamentale e formativo quello con il nonno Cesare.

Nelle pagine che precedono, come in quelle del suo

libro Il Diavolo e la rossumata, *appaiono personaggi che non ho mai conosciuto: lo zio Gino, morto prima che io nascessi, la zia Pinuccia, moglie dello zio Giovanni, mancata quando ero piccolo, la zia Erminia, sorella di nonna Bice, la zia Ernestina, cugina del nonno Cesare, il parroco di Santa Maria Rossa, e tante altre figure minori. Ma ce ne sono altri importanti con i quali mi sono confrontato anch'io.*

Inizierò parlando dello zio Giovanni, perché a lui è legato il mio primo ricordo in assoluto.

Alle giostre con lo zio Giovanni

È primavera e io ho circa quattro anni. Nei due vasti campi che fiancheggiano via Padova, per la festa del quartiere, sono arrivati i giostrai. All'epoca questi campi di giostre non si chiamano ancora luna park.

Chiedo allo zio Giovanni: «Mi porti a vedere le giostre?». Non ci sono mai stato, ma in casa se ne parla e io devo aver colto una certa eccitazione anche perché la mamma ha preparato una torta e la nonna sta disossando una gallina per farcirla. La cucina è invasa da profumi soavissimi.

Lo zio risponde: «Andiamo».

Non mi tiene per mano, ma camminiamo fianco a fianco, e io mi compiaccio perché mi sento quasi un ometto. Già dal fondo della via si sentono le canzoni sparate a tutto volume dagli altoparlanti. Poi arrivia-

mo in vista delle giostre. È un carosello di suoni, colori, gente festante. Le giostre sono bellissime, con i grandi cavalli dipinti a tinte vivaci che oscillano su e giù e tanti bambini seduti in groppa. Mi è stato insegnato che non devo chiedere, quindi mi astengo dall'implorare lo zio di farmi salire, ma vorrei tanto esserci anch'io, seduto in sella a uno di quei destrieri. A un certo punto, travolto dalla folla, perdo di vista lo zio. Non mi preoccupo. Penso che abbia attraversato la strada e sia nell'altro campo. Attraverso anch'io la strada e mi lascio catturare dalle altalene che girano, le automobili che si scontrano, la famiglia dei nani, la donna serpente e la chiromante. Ci sono anche le bancarelle che vendono zucchero filato, frittelle, croccanti di zucchero e nocciole, caramelle variopinte.

Mi si avvicina un uomo in divisa, grassoccio e con lo sguardo buono. Mi domanda se sono solo.

«Sono con lo zio Giovanni ma non lo vedo più».

«Dove abiti?».

«Boh, ma so la strada per tornare a casa», rispondo.

«Allora andiamo», mi dice prendendomi per mano.

Non ho nessuna voglia di tornare, ma ho imparato che ai grandi bisogna ubbidire. E poi non ho paura dell'orco perché non me ne hanno ancora parlato. Così guido l'uomo in divisa fino a casa e trovo mamma e papà che interrogano lo zio Giovanni, il quale ha appena confessato di avermi smarrito e di essere tornato di corsa nella speranza che io sia già rientrato per conto mio. I miei sembrano tranquilli, proprio come me.

Ricordo il sorriso di mio padre mentre ringrazia quel signore grande e grosso, che evidentemente conosce, e stappa per lui una bottiglia di vinello bianco fresco: «Ancora grazie, maresciallo, per avermi riportato il bambino».

Quando il maresciallo se ne va, la mamma mi agguanta per un braccio e me le suona di santa ragione urlandomi: «Così impari ad allontanarti da chi ti accompagna. Se ti trovava una zingara, ti portava via e non saresti tornato a casa mai più!».

Subisco quelle sculacciate come una profonda umiliazione, perché non sento di aver fatto una cosa sbagliata. In mezzo a tutte quelle meraviglie da guardare, ho semplicemente perso di vista lo zio. Neanche mi passa per la testa che è stato lui a perdere di vista me.

E mia sorella viene forse a consolarmi per l'immeritata punizione? Non me ne ricordo, ma ho il sospetto che fosse rintanata da qualche parte a leggere Via col vento. *Il papà, invece, mi prende in braccio, mi dà un bacio e urla allo zio che è un incosciente e che, visto che si era preso la responsabilità di portarmi alle giostre, doveva anche tenermi d'occhio. Io approvo e approvo ancora di più quando mi dice: «Adesso andiamo insieme a divertirci».*

Ci divertiamo davvero, perché papà sale con me sui cavalli, ride come un matto, mi compera lo zucchero filato e le caramelle, cosa che lo zio non avrebbe mai fatto, avaro com'era ai limiti del ridicolo.

Lavoro nero, sempre con lo zio

Alla fine della terza media vengo rimandato a settembre. La mamma si infuria e mi dice:

«Tua sorella almeno questi dispiaceri me li evitava. Per punizione quest'anno non vai in vacanza, visto che dovrò spendere un sacco di soldi in ripetizioni private».

Allora il papà decide che andrò a lavorare nella fabbrica di macchine saldatrici di cui è proprietario assieme allo zio. In officina vengo subito messo davanti a un trapano elettrico. Devo infilare sotto la macchina delle sbarrette di ferro, o forse di acciaio, e praticarvi dei fori di un certo diametro a una distanza prefissata. Sono già stati stabiliti l'orario di lavoro e la paga: tutto in nero, anche perché data la mia età non potrei di certo essere assunto. Lavorerò dalle otto di mattina alle sei di sera, per sei giorni la settimana, con l'intervallo del pranzo. Ogni sabato, per un mese consecutivo, riceverò un compenso di seimila lire.

Il primo sabato, a fine lavoro, il papà mi chiama nel suo ufficio. Lo vedo ancora, seduto dietro la bella scrivania di noce massiccio che adesso conservo a casa mia. Ha un'alzata, tutta cassetti, a destra e a sinistra. Quei cassettini mi piacciono moltissimo. Lui mi sorride, mi dice «bravo» e mi mette in mano il mio primo guadagno.

Quella sera rientro a casa tutto orgoglioso di quel primo denaro conquistato con il sudore della fronte. Cammin facendo, continuo a rigirarmi i soldi in tasca.

Appena varcata la soglia, li mostro fiero alla mamma che allunga subito una mano e se ne impadronisce:

«Ecco, questi vanno a pagare le ripetizioni di quest'estate».

Che avvilimento! Più tardi, quando siamo soli, riferisco tutto a mio padre. Lui non fa commenti ma apre il portafogli e pesca tremila lire:

«Questi sono per te», *mi sussurra.*

Anche se è la mamma a reggere i cordoni della borsa, fortunatamente papà dispone di una piccola riserva aurea alla quale attingere nei momenti di bisogno.

Soddisfatto, il lunedì riprendo a lavorare. A un certo punto sbaglio la distanza tra un foro e l'altro. Chiamo lo zio e gli mostro l'errore. Lui si dispera: «Hai combinato un guaio tremendo!», *mi accusa, e aggiunge:* «Chi rompe, paga».

Sono mortificato e non so come scusarmi. «Adesso rimedio al danno», *decido.*

Prendo con me i pezzi con i buchi sbagliati, monto in bicicletta e pedalo veloce verso un'officina non lontana di cui conosco il titolare. Spiego l'incidente e, dopo dieci minuti di lavorazione, mi vengono riconsegnate le sbarrette di metallo come nuove, perché i buchi sono spariti.

Torno dallo zio e gli faccio vedere come ho risolto il problema.

«Dove sei stato?», *mi domanda mio padre.*

Non ho ancora finito di spiegargli l'accaduto che

lui si scaglia furibondo contro il cognato: «*Porca vacca! Ma non ti vergogni? Non lo sai che un operaio può anche sbagliare? Devi proprio rifartela sul ragazzino?*».

Poi, quando rimaniamo soli, mi domanda: «*Quanto ti ha preso il saldatore?*».

«*Tremila lire. Ho pagato con i soldi che mi avevi dato sabato. Per fortuna non li avevo ancora spesi*», *gli rispondo, molto fiero di me.*

Il papà sorride, apre il portafogli e mi rimette in tasca la stessa somma: «*Tieni, se ti capita di nuovo di sbagliare, vieni a dirlo a me e non a quel cretino di tuo zio*».

È il momento buono per rivelare a mio padre un segreto che ho scoperto in quei giorni. Gli riferisco che lo zio Giovanni nasconde in grossi bidoni la limatura dei pezzi d'ottone per poi rivenderla di nascosto e tenere per sé il ricavo.

Il papà sorride di nuovo e mi confida che ne è al corrente: «*Faccio finta di non saperlo. Mio cognato è tale e quale al nonno. Che cosa non farebbero pur di intascarsi due lire!*».

In realtà lo zio Giovanni non era uguale al nonno che, con me, era sempre disponibile.

Il nonno Cesare sa anche stirare

Il nonno Cesare è il mio primo maestro. Avaro di parole, ma generoso negli insegnamenti, non sta mai con le mani in mano e, dotato di una destrezza stra-

ordinaria, mi trasmette il piacere di aggiustare e costruire le cose. In casa nostra non è mai entrato un idraulico, o un elettricista, e neppure un falegname, o un giardiniere o un fabbro. Salvo che non si debbano fare grandi lavori, come il rifacimento di un tetto, lui ripara tutto, perfino le scarpe o il cancello di ferro quando una delle lance, corrosa dalla ruggine, deve essere sostituita.

In cantina ha messo insieme una specie di laboratorio, dotato di un attrezzo per ogni evenienza. Dispone anche di una piccola fucina: un focolare dove il carbone si fa sempre più ardente man mano che vi si insuffla aria attraverso un mantice a manovella. Lì lui arroventa le sbarre di ferro per poi plasmarle sull'incudine a colpi di mazza, in un'esplosione di scintille incandescenti. A me assegna il compito di girare la manovella, che lui chiama "la Giorgia". Io preferirei menare colpi di maglio, ma lui non me lo consente perché dice che è troppo pericoloso.

Invece mi insegna a lavorare il legno. Prende un'asse, la chiude in una morsa e, munito di sega, la taglia nella misura desiderata. Poi leviga la parte tagliata con la pialla e la rifinisce con la raspa e la carta vetrata.

Mi costruisce anche dei giochi. Un giorno mi fa un "magattèll": la sagoma di una figura umana, vista di profilo, che ritaglia da un robusto cartone. Poi ci passa in mezzo dello spago che lega a due bastoncini di legno, tenuti assieme da una molla. Stringendo e allentando i bastoncini, il burattino fa le piroette.

A differenza dei miei genitori, che in casa ci sono e non ci sono, lui è sempre presente. Anche se la nonna lo comanda a bacchetta, come fa con figli, generi e nuore, è lui che ha la gestione del portafogli. Il denaro è il solo strumento che gli consente di affermare il suo ruolo di capofamiglia. Ha una cura maniacale della cartamoneta. La stira, ripone i pezzi piccoli nel portafogli e quelli grossi sotto il ripiano di marmo del suo comodino da notte. Il marmo ha due funzioni: nascondere i soldi dalla vista di tutti e conservarli ben appiattiti. Per questa ragione mi è vietato entrare da solo nella camera da letto che divide con la nonna. Però mi è permesso infilarmi nel lettone quando vanno a dormire, perché a me piace stare in mezzo a loro.

Quando il nonno stira i soldi, io mi avvicino di soppiatto e allungo una mano fingendo di volerglieli sottrarre. Lui allora mi minaccia con il ferro da stiro rovente e ordina: «Giò i man dal nichel». Chiama nichelini anche i pezzi da cinque, dieci, cento lire. Ma, come mi ha insegnato la nonna, quando si tratta di soldi, il diavolo ci mette sempre la coda. Così un giorno accade che, sotto il peso del marmo, due banconote da cento lire si incollino assieme. Poi il nonno va a fare la spesa e finisce per dare al bottegaio duecento lire, senza accorgersene. Riceve qualche spicciolo di resto e, nel rifare i conti a casa, si accorge del pauroso ammanco. Ne fa un dramma e, pur avendo sentore di quello che può essere successo, non ha il coraggio di affrontare il bottegaio. La nonna non perde l'occasio-

ne per scagliarsi contro la sua avarizia e sentenzia: «L'è el Demòni che el t'ha rubàa i danée».

Da quel giorno il nonno smette di stirare i soldi.

La mia infanzia si svolge tra la cantina e il giardino. In un angolo del giardino, dove la nonna coltiva i suoi fiori, il nonno ha ricavato un piccolo orto e una stia per i polli. Sono il retaggio degli anni grami della guerra, che io non ho vissuto ma che mi vengono raccontati affinché ne tragga insegnamento. Il nonno mi mostra come raccogliere l'erba adatta al pastone delle galline. Io la raccolgo da terra e lui la sminuzza in una ciotola aggiungendovi granoturco e gusci d'uova. Strappare l'erba è però un'incombenza piuttosto noiosa e allora il nonno, per farmela piacere, mi costruisce un carrettino di legno, munito di quattro rotelle. Anche con il carrettino, che imita un grande carro contadino, raccogliere l'erba rimane tedioso. Se mi divertissi, penso, lavorerei più volentieri. Allora mi viene l'idea geniale di dotare il trabiccolo di corde e di farlo trascinare da una gallina, imbracandola sotto le ali. Poi, non pago della bella pensata, decido di cavalcare il volatile come fosse un quadrupede spronandolo a muoversi con una foglia di lattuga infilzata in un bastoncino che gli faccio ondeggiare davanti al becco. La povera bestia muove le zampe in avanti per raggiungere il boccone, riesce a trascinare il carrettino, e poi stramazza sotto il mio peso. Finisce che il nonno le tira il collo e la consegna alle donne di casa per cucinarla. Scoprono che ha lo sterno rotto e io so chi è il responsabile. Mi consolo pensando che il suo destino era comunque quello di finire in padella, e arrivarci qualche mese più tardi, per Natale, non avrebbe fatto di lei una gallina felice.

La nostra strada non è asfaltata. Nei giorni di vento e di sole si alza un gran polverone. Quando piove, poi, si forma una poltiglia fangosa che, prima di entrare in casa, devo staccare dalle scarpe strofinando le suole su una lama di ferro sporgente che il nonno ha saldato al muro esterno. Se non lo faccio, e lascio le mie impronte in tutta la casa, qualcuno me ne farà pentire.

In autunno, lungo la nostra via, transitano greggi di pecore provenienti dagli alpeggi. Per entrare in città, anziché percorrere via Padova, già asfaltata, scelgono le strade sterrate. Ci passano anche grossi carri al traino di cavalli che seminano sterco ovunque. A me il compito di raccogliere la "pulina" con cui concimare la terra del giardino.

Certo, vivendo in simbiosi con il nonno, capita che combini qualche malanno e lui allora va su tutte le furie e urla a mia madre, di venire a riprendersi "quel malnato di figlio". La mamma e la nonna mi dicono di non farlo arrabbiare troppo perché lui è arteriosclerotico e potrebbe farmi del male. Insomma mi passano il messaggio che il nonno è un po' fuori di testa. Chissà perché, dato che ragiona benissimo. Anche quando prende in mano la scopa di saggina e fa il gesto di prendermi a ramazzate. Per niente intimorito, *io afferro un'altra scopa e ingaggio con lui un duello a colpi di ramazza. Ce la facciamo sotto dalle risate.*

La nonna Giö, la zia Pina e il cappello da cowboy

Le rare volte che le incontro, la mamma e la sorellastra del papà mi dimostrano grande affetto. La nonna sa di cipria e di tabacco che fiuta pescandolo dallo scatolino che tiene in tasca. Ha un bel viso e papà le somiglia molto. Papà però è magro, mentre la nonna è grassa e si muove a fatica. La vedo sempre seduta. Ogni tanto mi fa una carezza, ma non mi racconta mai qualcosa di divertente.

Per carnevale, la zia Pina mi regala un costume da cowboy. Ho anche il cinturone con le pistole e il cappello, come un vero eroe del Far West. Un bel dono, guastato dall'apparizione dello zio Pepìn, il marito della zia che, senza una ragione, quando siamo soli, mi scarica in testa una raffica di tollini. Per fortuna ho il cappello, ma un tappo mi colpisce a una tempia e sento un male tremendo. Mi metto a piangere mentre lui sghignazza soddisfatto. Un uomo malvagio, ecco quello che è. Non so perché mi detesti. Quando vado a trovare la famiglia paterna, gli sto alla larga, ma non posso stare alla larga dalla loro cagnolina e dalla nidiata di cuccioli appena nati. Amo gli animali, specie i cani, ma a casa nostra vengono accolti solo gatti. Più tardi, alla facoltà di biologia, studierò con particolare interesse il comportamento degli animali.

Mio padre, mia madre e una vocazione spontanea

La sera, passo dalla tutela del nonno a quella dei miei genitori. Si cena tutti assieme e d'estate, visto che non abbiamo ancora un televisore, ci si ritrova nel cortile di casa con i vicini a far chiacchiere e a bere qualche bicchiere di spuma fresca prima di andare a dormire. Ricordo il racconto di un reduce della guerra d'Africa a cui alcuni commilitoni del Sud giocarono un brutto scherzo. Per non passare da ignorante, quando gli chiesero se conoscesse i fichi d'India, lui rispose che li aveva già mangiati e ne addentò uno senza pelarlo, per poi trovarsi la bocca piena di aculei tra l'ilarità generale.

D'inverno, dopo cena, il papà va dritto in camera. Si sistema a letto, si accende una "serraglio" e si mette a leggere uno dei tanti libri che si ammucchiano sul suo comodino. Io approfitto del fatto che la mamma è indaffarata fino a tarda notte per scivolare nel lettone accanto a lui e chiedergli: «Che cosa leggi?». «Una bella storia», risponde mio padre, «stai a sentire». Mi addormento ascoltando avventure di marinai, storie di duelli e di grandi battaglie, gesta di eroi buoni e crimini di uomini malvagi.

Papà mi porta anche al cinema a vedere western o

film di cappa e spada di cui discutiamo animatamente tornando a casa.

Con la mamma è tutta un'altra musica. Vuole che mandi a memoria le preghiere che lei mi insegna, ma io faccio fatica perché non afferro il senso di quelle lunghe tiritere. Mi costringe a stare in ginocchio davanti al crocifisso di legno e mi dà uno scappellotto ogni volta che mi impappino. Ma se recito il Padre nostro e l'Ave Maria senza fare sbagli, e chiedo perdono a Gesù per tutti i miei peccati, allora mi sorride e mi dà il bacio della buona notte. Comincio a costruirmi una mia filosofia: dopo la tempesta torna il sole, e le donne di casa conviene tenersele buone. Così un giorno annuncio che da grande voglio farmi prete. La notizia riempie la mamma di letizia e la sua aggressività sparisce d'incanto. Ignora che, mentre recito: «Dacci oggi il nostro pane quotidiano», penso invece: «Non darmi oggi le mie legnate quotidiane». Quando, tempo dopo, confesso che la mia vocazione è sparita, la mamma non mi parla per giorni. Sempre meglio delle botte.

Di quelle ne prendo già tante dalla mia maestra, la terribile Catanese Del Deo, ogni volta che sbaglio a scrivere. Quando torno a casa e, in lacrime, racconto i maltrattamenti subiti, la mamma commenta: «Si vede che te li sei meritati». Io ci soffro ancora di più, perché mi aspetto di essere protetto e difeso da lei, che invece si mette dalla parte della mia aguzzina.

Quella maestra è riuscita a guastare il mio rappor-

to con lo studio per molto tempo e ci sono voluti anni prima che io ritrovassi il piacere di apprendere. Oggi, un'insegnante come la Catanese Del Deo verrebbe sospesa dall'incarico.

Mia sorella: la mia paladina

D'inverno vengono giù grandi nevicate e noi maschi siamo subito in strada impegnati in feroci battaglie a palle di neve. Le nostre vittime preferite sono le ragazzine quando escono da scuola insieme a noi. Un giorno ne colpisco una in pieno viso con una palla ben pressata. Lei si ferma, si pulisce dalla neve, mi fissa senza proferire parola. Nel suo sguardo c'è una domanda: «Che cosa ti ho fatto di male?». Mi sento un verme e mi dico: «Mai più». È il mio primo no alla violenza dei maschi contro le femmine. Tra ragazzi, invece, ci divertiamo a prenderci a sassate e qualche volta ci facciamo molto male. Ma è un gioco alla pari per scaricare la nostra aggressività. Giochiamo anche con i bussolotti di carta che scagliamo lontano soffiando in una cannetta di plastica che fa da cerbottana.

Vito, un ragazzino di un paio d'anni più grande di me, di solito inserisce uno spillo in cima ai bussolotti. Poi si apposta dietro a una siepe e colpisce alle gambe le ragazze che passano in bicicletta facendo loro un gran male. A me questa cosa non piace e mi impegno dunque a fabbricare anch'io dei bussolotti con lo spil-

lo per colpire lui. Ma non ci riesco perché la mia mira è scarsa e qui ci vuole precisione. Allora mi accontento di colpirlo con pallottole di carta, lanciate a raggiera, a mia volta mimetizzato dietro un altro cespuglio. Lui mi scopre e, grande e grosso com'è, mi mena di santa ragione giurando anche di appendermi a testa in giù al fico del suo giardino. Arriva mia sorella e io, fra le lacrime, le racconto l'accaduto. Lei non fa commenti, si toglie i sandali con il tacco, si infila le scarpe da ginnastica e va a stanare Vito. Lui la vede e scappa. Lei lo insegue e, correndo più veloce, riesce ad agguantarlo e a prenderlo a scappellotti. Poi, non paga di aver vendicato il fratellino, trascina Vito a casa sua e riferisce alla madre le minacce che mi ha fatto. Da quel giorno Vito sparisce dalle nostre vite.

Mia sorella è una seconda mamma. Mi protegge ogni volta che può ma, quando faccio asinate, è anche capace di arrabbiarsi. Specie se la disturbo mentre sta leggendo, scrivendo, parlando al telefono o ascoltando le commedie alla radio. Un tratto peculiare differenzia i nostri caratteri. Mia sorella prende di punta tutti gli ostacoli e lotta fino allo stremo per arrivare a una soluzione. È razionale e non sopporta le contraddizioni. Io invece ho imparato ad assecondare l'onda per sopravvivere in pace con me stesso e con gli altri.

Carlo, detto Lucio

Indice

- 5 Premessa

- 7 Il bacio di Giuda
- 14 I doni li portava Gesù Bambino
- 21 La fine del Mariulìn
- 28 Il prete e la boule
- 34 La lombosciatalgia ribelle
- 40 Per grazia ricevuta
- 47 Murcìss sparisce
- 52 I cannellotti della prima comunione
- 60 O se guarìss, o se mör
- 69 «Il pìpedo non c'è»
- 75 El me renàrd
- 84 L'*Ave Maria* di Gounod
- 91 Non tutti gli uomini sono cretini
- 97 La cà di pütàn
- 103 Il Pèrsil lava più bianco
- 110 Il Pisciasottile
- 116 *Martin Eden*

- 125 La versione di Lucio

Madeleines

Sveva Casati Modignani, *Il Diavolo e la rossumata*
Andrea Vitali, *Le tre minestre*
Enrico Brizzi, *L'arte di stare al mondo*
Gaetano Cappelli, *Stelle, starlet e adorabili frattaglie*
Sveva Casati Modignani, *Il bacio di Giuda*

Madeleines Extra

Diego Abatantuono, *Ladri di cotolette*
Dario Vergassola, *La ballata delle acciughe*

Madeleines Sfide

Valentina Acciardi, *Mi riprendo la vita con una mano sola*
Caterina Nitto, *Una vita da attivista*
Martina Fuga, *Lo zaino di Emma*

Madeleines Memorie

Ilaria Borletti Buitoni, *Cammino controcorrente*

Finito di stampare nel mese di agosto 2014
presso Elcograf S.p.A., stabilimento di Cles (Trento)
Stampato in Italia – Printed in Italy